いまを生きることば

歓《よろこ》ぶこと悲しむこと

五木寛之
Itsuki Hiroyuki

The Words for Your Life

東京書籍

―いまを生きることば―

歓《よろこ》ぶことと悲しむこと

目次

❶ 生きているだけで 6
❷ 青春・朱夏・白秋・玄冬 21
❸ 天の命 28
❹ 他力の風 35
❺ 見えない風 44
❻ はからいにあらず 52
❼ 歓《よろこ》びノート 59
❽ 勇気をもって諦《あきら》める 73

❾ 人は失われるものを愛する 80
❿ 声が語ること 87
⓫ 希望の光 92
⓬ 受け継いだことば 100
⓭ ふたつのことばを使い分ける 107
⓮ 物語を夢見て 117
⓯ 人生という物語 123
⓰ 普遍と個別 129

⓱ 死を受けとめる 137
⓲ 乾《かわ》いた心と軽い命 144
⓳ 今日一日の命 150
⓴ ありのままの生を見つめて 158
㉑ 影の濃さに光を知る 167
㉒ 人はみな大河の一滴 173
あとがき 180

―いまを生きることば―

歓《よろこ》ぶことと悲しむこと

❶ 生きているだけで《いきているだけで》

人間は何のために生きているのか。

そんなことを、若い頃はしばしば考えたものでした。

人間が生きていることに、なにか意味があるのか、ないのか。意味がないとしたら、なぜ自分は生きているのか。

そうしたことを考える、そういう年頃というのがあるような気がするのです。

その時、ひとつのことばが私の頭のなかにずっと鳴り響いていました。

それはフランスの思想家デカルトの、「我思う、ゆえに我あり」ということばです。

"cogito《コギト》, ergo《エルゴ》 sum《スム》"と学校で習いましたが、つまり人間は思惟《しい》するということ、ものを考えたり、いろいろなことを頭のなかで組み立てる、分析する、それこそが生きていることなのだ、ということばです。

なにも考えずにただ呆然《ぼうぜん》と生きていることは、まったく生きるに値《あたい》しないのか。強迫観念《きょうはくかんねん》のように、デカルトのことばが、頭のなかにずっと尾を引いて響いていました。

その頃の私の悩みというのは、自分がなにも意味のない生き方をしている、あるいは自分の生き方が、人間らしい生き方とは言えないんじゃないか、ということだったのです。自分の生き方は虚《むな》しいものだ。

いまにして思うと、そういうことを考えられたこと自体が、すごく贅沢《ぜいたく》な時間だったのだな、とも感じるのですが、とにかく、私の頭のなかでデカルトのことばが強迫的な声のようにずっと響いておりました。

おまえはなにを考えているのか、なにを思惟しているのか。こういうふうに頭の奥に響き続いていたのです。

やがて時間がたち、六十歳を過ぎた頃から、私はまったく違った考え方に到りました。

デカルトが「我思う、ゆえに我あり」という卓抜《たくばつ》なことばを吐く以前に、中世のヨーロッパの神学者として、とても大きな存在であった思想家トマス・アクィナスのことばを知ることになったからです。

トマス・アクィナスは、『神学大全《しんがくたいぜん》』という著作で知られる、大変高名な神学者ですが、彼は、デカルトの「我思う、ゆえに我あり」ということばに先立って、「我あり、ゆえに我思う」という驚くべきことばを発しており、そのトマス・アクィナスのことばが人々の間に、広くゆき渡っていたというのです。

デカルトはそういうものの考え方にたいして、「そうじゃない。人間は考えるからこそ生きているんだ」という考えに立った。トマス・アクィナスの「我あり、ゆえに我思う」という、存在を優先させる考えをひっくり返して、大変大胆《だいたん》で激しいことばとして、「我思う、ゆえに我あり」という宣言をしたんだということを知りました。

デカルトの「我思う、ゆえに我あり」ということばは、近代的な人間の誕生の宣言と言っていいものだと思います。

しかし、いま、私が感じているのは、人間がまず生きているということのほうに、つまり、どのように生きているかということではなく、生きているということ自体のほうにウエイトをおいてものを考えてもいいのではないか、ということなのです。

これは非常に曖昧《あいまい》な表現ですが、人はどのように生きるかによって、生きている意味があるとか、ないとか決められるものではなく、どんなふうに生きても、人間は人間として存在する値打ちがあるのだという考え方のほうが、私の心にはぴったりくるようになりました。

人間の生き方を、まるで天井かなにかのように、特とか上とか並とか分けるわけにはいきません。

もちろん、世間的な目で見れば、成功者もいれば、失敗者もいる。

大変優れた事業を成し遂げ、財を為し、故郷に錦《にしき》を飾るような人もいるだろう。あるいは、無名のままに、多くの人々のために尽くし、陰《かげ》ながらこの社会を支《ささ》えてきたような、そのような素晴らしい人たちもいただろう。

しかしまた、その一方で、なにもせずに一生、親戚《しんせき》からは極楽とんぼと言われて、曖昧《あいまい》に過ごし、ひょっとしたら度重《たびかさ》なる犯罪を繰り返して刑務所の塀のなかで人生の三分の一ぐらいを過ごした人だっているだろう。

だけど、その人間が一生に何を為したかということで、人間を評価するのは間違いだと思うようになってきました。

ひょっとすると、これはすごく無責任な発言かもしれませんが、人間は生きている、ということに、まず一番目の値打ちがあるのであって、その後、生きている間になにを成し遂げたか、どのような人生を送ったかということは二番目・三番目の問題として考えていいのではないか、と私は思っています。

「我あり、ゆえに我思う」というトマス・アクィナスのことばのほうに共感するのは、そういうことです。

なぜかと言うと、私はこの話をするのは大変難しいのですが、戦後、引き揚げてくる過程で、私はたくさんの人々の死を見聞きしてきました。

その死を見ていると、人間の死に方に立派な死とか、くだらない死とか、意味のある死とか、そういうものはない、死はみんな死なんだと一方では思い、人間が生きているということも、立派な生き方、くだらない生き方、無意味な生き方、そんな生き方に差別なんかあるのだろうか、人間が生きていることは、みんな同じなんだ、とこんなふうに考えるようになったのです。

そして、たとえば世の中で立派な仕事を為し、大きな功績を社会に残した人たちの生き方を見ても、別にその人に拍手をして、必ずしも尊敬する必要はないのではないか。

その人は、人並み外れたエネルギーと、人並み外れた野心と、人並み外れた才能というものを持って生まれてきたことを、謙虚に感謝すべきであって、それ以上のことは必要ない。

むしろ逆に、競争社会で生き抜いていく、そういうファイトに欠ける優しい心の持ち主であり、あるいは誘惑に負けやすい人柄であり、あるいは欲望というものが希薄《きはく》な人であり、野心のまったくない人もいる。

こういう人たちが競争社会の激しい修羅《しゅら》の巷《ちまた》のなかで、仮に脱落したり、無名のままに平凡な一生を終えたとしても、それは本人の責任でもなければ、つまらない人生であったなどということはなにもないのではないか。

　こんなふうに考えるようになってきました。

＊

　極端な言い方をすると、人間は生きているということに、あるいは今日まで生きてきたということに大きな意味がある。

　後のことは、二番目三番目であろうと思うのです。

　今日まで生まれて生きてきた、今も生きている、これから当分の間も生きていくであろう。このことに、人間の値打ちの大半はあるのではないか。

　人間は存在において、そのことを評価されなければならないのではないか。こう思うようになりました。

　人の人生を見て、その人生の軌跡《きせき》というものを価値で認める考え方と、そういうこととは無関係に、存在のほうを優先してもいい考え方があると思います。

私は、生きてきたということ、生きていくということを大事に考えたいと思います。なぜかと言えば、生きていくということはそれ自体が、大変困難で大変な作業だからなのです。

「いや、そんなことはないよ、呆然《ぼうぜん》と生きてきたって生きていけるんだ」

と言う人もいるでしょうが、そんなことはありません。

生きていくということは、この世の中に自分の意志でなく送りだされてきたということです。そして、さまざまな形での競争社会のなかで、自分が意識していない戦いを戦いながら生き続けてきたということです。

私たちが、遊んだり、楽しんだりしている間も、あるいは眠ったりしている間でも、体のなかでは、それこそミクロの戦いという大きな戦いが延々と繰り広げられており、体のなかの細胞が必死でこの命を支えている。

そして私たちはさまざまな形での、なんとも言えないストレスを抱えながら、この人生を生きている。

そういうことを考えると、生きているということは、そのことだけでなんとも言えない大変なことなんだな、としばしば思うことがあります。

人間は生きているだけで値打ちがある、なんていうことを言いますと、それじゃ向上する努力も必要がないのか、と言われがちなのですが、そうではありません。人間はひとりひとりがそういうものとして生まれてくる。これは私どもが逆らいようがない、そのことを認めなければならないことなのです。

みんなに同じような人生というものを求めるのは間違っていると思います。百人いたら百通りの人生がある。そして、そのひとりひとりが精いっぱいのなかで、この世の中で、体というもの、心というものを必死で支えながら、とりあえず生きている。生きているというだけで大変なことじゃないかということを、私はどうしても感じないわけにいきません。

それは、たまたま戦争と敗戦と引き揚げ、あるいは戦後の混乱期を生きてきた人間の後遺症のようなものかもしれませんが、生きていくということは、それだけで大変なんだと思います。

ある本のなかで読んだひとつの例なのですが、頭のなかに非常に印象深く残っているエピソードがあります。何度か紹介をした話ですが、あえてここでも記させていただきます。

それは、アメリカのアイオワ州立大学のディットマーという学者の方がおやりになった実験の話です。

縦横何十センチという箱を作ります。そのなかに砂を入れてライ麦を植える。水をやりながら数ヵ月育てると、そのなかに一本のライ麦の苗が誕生する。

今度はその麦の苗だけを残して、箱を壊《こわ》し、その苗の根が木の箱のなかにどれだけびっしりと根を張っているかを、物理的に計測するのです。

木の箱のなかでは、一本のライ麦が、目に見えないような細かい根をびっしりと張りめぐらせて、そこから水分とか鉄分とかカリ分とか、いろいろな養分を吸い上げながら、ライ麦というものの命を維持している。

目で見える根は測って、ちゃんと計測していきますが、根の先には目に見えない根毛というものが生えています。そういうものも、顕微鏡で見てきちんと足し合わせて、いったいその箱のなかに一本のライ麦が数ヵ月育つためにどれだけの長さの根が張りめぐらされていたかを、物理的に計測したのです。

その結果、その根の長さが発表されたのですが、その数値を見て最初は誤植ではないかと驚きました。

「一一、二〇〇キロメートルに達した」と書いてあるのです。

これはもう本当にビックリしました。一一、二〇〇キロメートルの根が、木の箱のなかにびっしりと張りめぐらされて、その根の営みのなかで、一本の麦が数ヵ月育つのでした（『ヒマワリはなぜ東を向くか』瀧本敦著、中央公論新社刊による）。

考えてみると、おそらくその麦は大した大きさの麦の苗でもないでしょうし、色《いろ》艶《つや》も良くないかもしれませんし、実もたくさんは付いていないと思います。

しかし、木の箱のなかという限られたスペースで、一一、二〇〇キロメートルという根を張りめぐらせて、自分のか細い命を支えてきたライ麦に対して、

「おまえ、色艶が悪いじゃないか」

「背丈《せたけ》が低いじゃないか」

「実があまり付いてないじゃないか」

などという文句を言う気はさらさらありません。

とりあえず、「よく生きてきたな」、「よく自分の命というものを、そんなふうに努力しながら何ヵ月も支えてきたな」と、その命の営みに、ただただ頭を下げるしかないのです。

人間も同じことだと思う時があります。

いろいろなタイプに人間は生まれついてくる。いろいろな才能や、いろいろな体形を持って生まれてくる。そしていろいろな境遇のなかで育っていく。そして一定時間のなかで生きて、その後は強制的に退場させられてしまう。

そのことがわかっていながら、私たちは絶望せずに一日を生き、二日を生き、三日を生き、というふうにして、十年、二十年、三十年、五十年と生きるわけです。

その営みはなんとすごいことだろうと思うことがあります。

人間は生きているだけで、じつはすごいことなんだな。自分の人生を途中で放棄せずに生きたということは、そのことだけで評価されていいことではなかろうかと考えることがあります。

私はかならずしも努力とか、人間の向上心というものを否定して言っているわけではないのです。

いつか、小林秀雄さんと一緒に講演をしたことがありました。私の前にお話をなさった小林さんは、非常にひょうひょうとした淡々たる話し方で、ウィットとユーモアに富んだお話をされ、お客さんはみんな笑っていたのですが、そこでお話になっていることは、

「人間はオギャーと生まれたその日から、一歩一歩死へむかって歩いていく旅人のようなものである」

というものだったのです。

そういうお話を笑いながら聞いている聴衆、軽やかにお話しになる小林さん。しかし、そこに横たわっているものは、なんとも言えないくらい重いものであり、そして私たちにとっては大事な問題なのです。

私たちは生まれてきた時から、どこへむけて歩いていくのかを、きちんと約束さ

れて生まれてきた。それは誰もがわかっている筈《はず》なのです。

さらには期日、期間までもある程度決められている。

その期間のなかで、我々は死へむかって歩いていくということを、納得しながら生きているということが、すごいなあと思うのです。

私たちはそんなことを、しょっちゅうは考えないと思います。そんなことをいちいち考えたら、生きていけないじゃないか、と言われます。たしかにそうかもしれません。

しかし、そういうことを考えなくても、体ではちゃんと感じているのです。

私たちは人生の不条理というものをひしひしとこの体で感じ、皮膚で感じ、胃で感じ、心臓で感じている筈なのです。

そして、時々えもいわれぬ物思いにふけることがある。

それは頭で哲学をしているということではなく、体が哲学を感じているという瞬間で、それは人間にとって大事な瞬間だろうと思います。

他の生物と人間がちょっと違うとしたなら、それは自己省察をする生物だからだと、ある哲学者が言いました。

そのことばを信ずるならば、我々は頭で自己省察をしなくても、人生とはいったいどういうものなのかということを、体で感じている筈なのです。

私たちは心のなかで大きなものを抱え、鉛《なまり》の板のようなものを背中に背負いながら、じつは生きている。時々それに耐えられなくなって、胸のなかに大きくのしかかってくる。

その時に私たちは眠って夢を見るか、お酒を飲むか、テレビを観るか、外食をするか、ショッピングをするか、お喋《しゃべ》りをするか、いずれにしてもそうしたことで、やり過ごし、やり過ごしながら生きている。

体は、ちゃんと自覚しているわけです。

❷青春・朱夏・白秋・玄冬

せいしゅん・しゅか・はくしゅう・げんとう

人間というのは、じつはひとりひとりが心のなかに言うに言えない思いを抱えながら生きている。

生きているということ、それ自体に意味があり、人間は人生を生きたという価値があるのだというふうに、私はまず考えたいと思うのです。

その上でより良い人生とか、あるいは世のため、人のために尽くすとか、そういうことを考えればいいのではないか。

なにもせずに生きた、一生無のために生きた。あるいは平凡に、無意味な人生のように自分に思えるような生を送ってしまった。しかし、それでもなにも後悔することもなく、そのことを悔《く》やむ必要も、じつはないのです。

繰り返し言っていますが、私たちは泣きながらこの世に生まれてきて、そしてこの世を去っていく。そのことだけでも大変なことなのに、それをちゃんと知りつつ何十年生きたのは、素晴らしいことだと思います。

五十年生きた、七十年生きた、なんという大したことだろう。その生きたという歴史の時間の長さというものに、私は無限の尊敬を覚えますし、人間はとにかく生きているということで価値があり、二番目三番目に、どのように生きたかということを考えていいのではないか。

まずとりあえず生きているということを尊敬し、大事にしようじゃないか。

そして、私たちが生きているということが、心と体のあやういバランスの上に立って、私たちの将来に待ちかまえている死というものをちゃんと意識しつつ、青春にしろ、朱夏《しゅか》にしろ、白秋《はくしゅう》にしろ、玄冬《げんとう》にしろ、生き続けてきているのだ。

そういうふうに考えたいと思います。

人間の一生というものを、インドでは四つに分けて考えていた時代があると聞きました。

まず「学生期《がくしょうき》」と言います。学生と書きますがこれは学生《がくせい》ということではなく、社会人となっていく準備期間ということだろうと思います。

そして二番目が、成人に達して家庭を持ち、世の為、人の為に力いっぱい尽くす「家住期《かじゅうき》」と言う。

三番目が「林住期《りんじゅうき》」と言い、これは林に住むという字を書きます。林住期。これはある仕事を終えて、日本では隠居するなんて言いましたが、家庭を離れてひとりで静かに、人生というものの来し方、行く末をじっくり考える期間。林に住むという意。まあ鴨長明《かものちょうめい》などが、まさに林住期の人間という感じです。

そして最後に、人間が迎えなければならないのが「遊行期《ゆぎょうき》」と言って、インドでは、すべてを捨ててガンジス河のほとりへ死の旅に出かけていく。遍歴を繰り返しているなかで死を迎える、遊行期。

中国でも、四神思想という影響のなかで、やはり人生を四つに分けているところが大変おもしろいと思います。

一般によく知られていることばで、「青春」ということばがあります。青い春と書きますが、青春ということばだけを独立させて使うと、青春歌手、青春歌謡など、なにか非常に薄っぺらな、甘ったるい感じがするのですが、本来のことばは、そうではありません。先ほど言った四神思想というものに基づいて、「青い春」と書いて青春ということです。

その次に「朱夏」というコントラストがあります。満面に朱を注ぐ、真っ赤な夏と書いて朱夏。

それに続くことばが「白秋」。北原白秋の白秋、白い秋と書きます。

最後に「玄冬《げんとう》」ということばが続きます。玄米の玄で、玄米というのは黒い米という意味です。玄《くろ》い冬という字を書いて玄冬と言います。

青春ということばも、ひとつだけ独立されて使われるということではなく、この四つのことばのなかに青春ということばがあり、四つがセットになってひとつのことばと考えた方がいいと思います。

青春《せいしゅん》、朱夏《しゅか》、白秋《はくしゅう》、玄冬《げんとう》。

これが人間の一生というものと重なりあうところがあるので、いつの間にか、青春期などと言って人間の十代から二十代にかけての華やかな時期をそう呼ぶようになりました。

そういう人間の一生と重ね合わせて考えると、青春を過ぎ、人間が学校を出て社会に出て、そしてバリバリ世の中のために頑張る、この時期が朱夏、真っ赤な夏、まさにぴったり重なります。

そしていよいよ人生の後半に差しかかって白秋期に入る。

この白秋というのは、なんとなく澄みきった秋空の下で風の吹く、ススキの道でも歩いているような、そういう透明な感じがして、これもなかなか悪いものではありません。

そして最後が玄冬。

玄というのは黒い、暗《くら》いという意味ですが、それだけではないのです。

老子のことばのなかに「玄のまた玄」ということばが出てまいります。

玄牝というのは、生命の源と解釈されていますが、玄というのはただの暗さ、真っ暗な黒いという色だけではなく、その黒の背後に一抹《いちまつ》の、すっと刷毛《はけ》で微かに刷いたような赤味を帯びた黒だと、道教の権威者でいらっしゃった故・福永光司《ふくながみつじ》先生はおっしゃっていました。

たんなる黒ではない。人間が青い春を終えて、真っ赤な夏を終え、白い秋を経て、そして最後は暗い、黒い冬に落ちこんでいく。こう考えると、非常になにか憂鬱《ゆううつ》な気もします。

しかし、玄という字をもうちょっと違う意味で探してみると、たとえば「幽玄《ゆうげん》の技」、「幽玄の境地」などと言います。

また、素晴らしい技術のことを「玄妙《げんみょう》の技」と言ったりもする。

つまり、これは人間の技では及ばないような、人間の能力を超えた深い所、そういう意味での使い方も本当はあるのではないか。玄冬というのはただ暗い冬、黒い冬ということではなく、若い時には見えなかったような、そういう微《かす》かな明日へむけての光が見えてくる時期、こんなふうに私は勝手に善意に解釈しています。

私はやがて玄冬を迎えようという時期に差しかかっています。

人生をこうやって分けて考えるというのは、どこでもそうなのですが、そのなかでひとつ非常に興味深いことは、かつては社会からリタイアする時期が非常に早く考えられていたということなのです。

現在は長寿社会ですから、六十五歳まで働こう、七十歳まで働こうという感じなのですが、鴨長明は山に引っこんで、ずいぶん歳をとってから『方丈記』などを書きました。彼は五十歳で山に入った筈です。

イギリスなどでは、だいたい五十歳前後でリタイアして、あとはバラを栽培するとか、ガーデニングをやるとか、そういう趣味の生活に入っていくというのを、ひとつの喜びと言いますか、目標としている人たちがたくさんいるようです。

しかし、いま私たちの社会というのは、六十五歳でもちゃんと年金がもらえるかどうかわからないというなかで、七十歳でも七十五歳でもどんどん働けるうちは働こうじゃないかという風潮になってきています。この働くということを生きがいと感じるというのは、やはりある意味で独特の考え方のような気がするのです。

❸天の命　てんのめい

ルターの思想と言うか、キリスト教が大きな宗教改革を経て、プロテスタントという思想が確立されてくると、そのなかに勤労の倫理というものが生まれてきます。楽園を追放された罪人は、否応《いやおう》なしに働かなければならない。本来は働かなくてもいいんだ、人間が働くことは奴隷《どれい》に落ちることなのだという考えが、かつてはありました。

しかし、勤労のなかに喜びを見出す、それを天の与えた天職として考え、天職に励むことに日常の尊い倫理を探す、こういう考え方がプロテスタンティズムのなかに生まれてきます。

これは近代の資本主義を支《ささ》えている、大きな思想だろうと思いますが、そういうふうに考えてみますと、私たちが生きていくなかで、働くということをどこまで大事に考えるか、このことは私たちが否応《いやおう》なしに直面しなければならない問題であるような気がします。

働くことは、その行為そのものが喜びであり、なにを成し遂げたかということは二番目、三番目でいいというのが、相変わらず私の持論なのです。

私たちの人生の望ましい姿というのは、自分が大好きなことをして生活ができたらなあ、というものでしょう。

自分の大好きな道を歩んで、それで生活の糧《かて》を得て、家族を支え、生きていけたらどんなにいいだろうと思うことがあります。

しかし、現実に人生というものは、そういう具合にはいきません。

私たちは自分の好きでない仕事もしなければなりません。勤めた先に応じて、その仕事に生きがいを見出そうと努力することによって、その仕事に興味が湧いてくるというのが現実ではないかと思います。

あるいは、家業を継ぐということもありますし、家族の希望もあります。競争社会で、自分のやりたいことをやれる機会がなかなかないということもあります。

人は重荷を背負って、自分の好まない仕事でも一所懸命それに仕《つか》えて生きていかなければならないというのが現実だろうという気がします。

しかし、そうしたなかでも、私たちは生きていることは、永遠ではないのだということも考えなければなりません。とすればある時に、どこかで決断するという選択もあるのではないかと思うのです。

今の仕事を投げ捨てることで、家族を悲しませたり、生活に困ったりするかもしれない。しかし、いま自分が続けている仕事は、生涯自分はこのために命をかけてもいいと思っている仕事ではないという実感があった時にどうするか。そのなかで悩み続けて生きるのも人間だと思いますが、迷ったら、やってみるというのもひとつの選択かもしれない。

それは、あれこれ心配しても、自分の思う通りに世の中は進まないものであるという考え方を私が持っているからなのです。

「他力《たりき》」ということばを私はよく使うのですが、他力ということばの背景にある深い思想というのは別にして、自分の力だけで世の中は動かないものだという感じ方は、昔からありました。

「風が吹かなければヨットは走らない」などとよく言い続けてきたのですが、ものを書いている人間として、自分が一個の大きな鐘《かね》のように、あるいは小さな鐘のように感じる時があります。

鐘は自分が鳴ろうと思って鳴るわけではない。それは誰かが撞木《しゅもく》で力いっぱい撞《つ》くことによってゴーンという音を発するわけです。

鐘を撞かれなければ鐘は鳴らない。撞く撞木とはなにか。それは時代かもしれない、読者かもしれない。あるいは内なる創造力と言えるものかもしれない。

しかし、自分が鐘だとしても、その鐘は黙ってじっとしているだけで鳴るものではない、そういう感じはあります。撞かれた時は、ちゃんと鳴ろうと思います。

*

考えると、人間の一生もそういうものかもしれないとふと思うことがあります。

「人事を尽くして天命を待つ」ということばがありますが、このことばを、私は強引に自分流に読み換えています。

「人事を尽くさんとするは、これ天の命なり」と。

ベストを尽くす、後はもう天に任せる。俺《おれ》はただベストを尽くすだけなんだ、という考え方は結構な話なのですが、自分はベストを尽くすだけなんだと思っても、必ずベストを尽くせるとは限らないのです。

全力で努力しよう、ベストを尽くそうと思い立ったということ自体に、大きな運命の光が差している。

そして、そういうふうに決心しても三日坊主ですぐに諦《あきら》めてしまって、できなくなることも多いのに、その自分の思い立った努力が、三日続き、一週間続き、半年続いた。そのことは自分が頑張ったというだけではないなにかが、そこにあるのではなかろうか。

つまり、自力でベストを尽くし、あとは天の命を待つというのは、立派な考え方なのですが、「人事を尽くさんとするはこれ天の命なり」と読んだほうが、自分の気持ちにぴったりくるのです。

そういう考え方になると、ひとついいところがあるのです。

たとえば、物事をやって、それが失敗した時——だいたい人生においては失敗することが七割ぐらい多いのですが——上手《うま》くいかなかった時に、俺が悪いと自分を責めて自己嫌悪に陥って、絶望せずにすむのです。

俺はやるだけのことはやろうとした。しかし風が吹かなかったんだ。だからヨットは動かなかったのだ。これは仕方がない。

そう考えて納得することができます。

逆に、仕事が上手くいって思いがけない成功をした時にも、「これは俺がやったんだ」というふうに、天狗《てんぐ》になる必要もない。

「いや、俺の力なんてのは知れたもんだ。たまたま風が吹いて、そしてこういうふうに運んでくれたんだ」

と思えば、そこで謙虚にその成功を受け止めることができるのではないか。

失敗してとことん絶望せず、上手くいって得意にならず、というところは、なかなか難しい兼《か》ね合いです。

しかし、自分の力を過信しないで、自分の力で世の中は動かないんだと考えることも、ひとつのものの考え方かもしれないと思います。

そう考えると、思いきってなにかをやるということは十分に計算した上でやるわけですが、計算して計算しきれるものではありません。やろうと思ったら、そして、それをどうしてもやりたいという気持ちになったら、それはやるしかない。

結果は考えずそこに身を投ずるということも、時には必要なのかな、と考えます。

❹ 他力の風《たりきのかぜ》

以前、ある有名な女性のアスリートの方とお話をする機会がありました。

彼女はオリンピックなどの世界大会に出場する経験を持った方で、世界中の超一流の選手たちと集まって一緒に競技をしたり、食事をしたり、お酒を飲みながらワーワー騒いだりする、そういう機会がたびたびあったのだそうです。

そういう世界の超一流のスポーツマンたちが集まって雑談をしているなかで、ある時、一人がこういうことを言った。

「いや、あの時はもう、あの記録は自分が出したというより、なにか目に見えない大きな力、自分を超えた大きな力が後押しをしてくれたとしか思えなかった。本当にビックリするような、普段の練習でもできない競技ができた時には、やっぱりそういうものじゃないだろうか」

すると、その時そこに集まったスポーツマンたちがみんな「そうだ、そうだ」と頷《うなず》いて同意をしたのだそうです。

これはずいぶん昔のことになりますが、具志堅幸司《ぐしけんこうじ》という体操の選手が、一九八四年のロサンゼルスオリンピックで個人総合優勝を成しとげたことがあります。

私はテレビでそれを観ていましたが、鉄棒の演技が終わって、まだ息を弾ませている具志堅選手が演技の後のインタビューでものすごく興奮して、上ずった声で、こんなふうに言っていたのです。

「自分でも信じられません。とても自分でやったと思えない。神か仏か、そういうものが自分に力を貸してくれた。だから、あんな演技ができた、そうとしか考えられません」

そう夢中で喋《しゃべ》っているのをテレビで観て、非常に強い印象を受けたことがありました。

考えてみると、そういう体験は、じつは私たちの暮らしのなかでもたびたびありながら、私たちがそのことを不用意に見過ごしているのではないかとも思います。自分の能力が十二分に発揮された、リラックスして普段の練習の成果が出た、というだけではないような、それ以上になにか驚くべき力が発揮できた瞬間。

「後ろから目に見えない力が背中を押してくれたとしか思えない」

こういう感覚が生じてきた時に、素晴らしい競技、素晴らしい演技というものができるのではないかと思います。

仏教、ことに浄土教的な宗派のなかでは、「他力」という考え方があります。このことは前にもお話をしました。

日本では「他力本願」などと言って、運任せで自分はなにもせず、努力を放棄してイージーに結果を待つ、というようなイメージがありますが、元々そういう意味ではありません。この他力という考え方は、特定の宗派の狭い考え方でもありません。

人間のものの感じ方、考え方、宇宙や自然や人間というものにたいする考え方が、最後に行きつくところには、どうしても「他力」という感覚がある。たとえ「他力」ということばを使わなくても、にじみ出てくるような感じもします。

古くからお付き合いをいただいている瀬戸内寂聴《せとうちじゃくちょう》さんは、比叡山《ひえいざん》で修行をされた天台の方ですが、一度気楽なお喋《しゃべ》りをしている時に、瀬戸内さんがふっとこう言われました。

「人間の行きつくところって結局、最後は他力という感覚かもしれませんね」

そう、なにげなくおっしゃったのですが、私は非常にそのときのことばを印象的に聞きました。

他力というのは、なにか大きな目に見えない力が自分の生き方を支えていてくれているのだ、という感覚なのです。

目に見えないということから、なにかカルト的、超自然的なものと考える必要はありません。自分以外の他のものが、この自分という存在を支えている。「謙虚に受けとる」ということが、他力の一番根のところにあるものだろうと思います。

他力ということばを、違った言い方ですれば、目にははっきり見えないが、大きな宇宙の力のようなもの、エネルギーのようなもの、そういうものが生命や物質の間に見えない風のように流れている。

自分一人の力でやったと考えることは、非常に傲慢《ごうまん》な、浅はかなことであって、自分の行為のひとつひとつが目に見えない大きな他力の鎖《くさり》のなかにつながれて関わり合いを持っている。このように考える思想なのです。

ではそれは運命論かといえば、運命論でも宿命論でもありません。

他力というものを感じる時に、人間はとても自由になれる、そういうものだろうと思います。そのときの感覚こそじつは「他力」と言うのではないかと思ってきました。

＊

「他力」ということばが生まれてくる前の段階にあるものは、「諦《あきら》める」という感覚です。

諦めるというのは、物事を投げやりにするとか、いい加減に放り出すことではなく、「あきらかに究《きわ》める」という意味です。

ギリギリの最後の真実まで目を逸《そ》らさずに、しっかりとそれを確かめる。あきらかに究めて、人間は自分の力でなにもかもやれるように見えるけれど、しかし人間の力が及ぶところはここまでなんだな、ということを非常に冷静に謙虚に受け止める。これがじつは諦めるということの本当の意味だろうと思います。

親鸞《しんらん》は幼い時から比叡山に入って、さまざまな修行を懸命にやりました。自力で悟りを得ようと努力を重ね、一所懸命頑張るのですが、最終的に彼はひとつの諦めに達するのです。あきらかに究めるところへ到達する。

その彼が、あきらかに究めたことというのは「自力では諦めきれぬと諦めた」ということではなかろうかと思うのです。

他力にすがる他にすべなし。こういう感覚が親鸞の心のなかに生まれてきて、彼は山を下り、法然《ほうねん》の門を叩くのです。

ここで、自力と他力という考え方が出てくる。

これは非常に誤解されやすいのですが、以前、こう言われたことがあります。

「他力、他力と五木さんは言うけれど、その他力のなかにもたとえば、二分三分の自力というものも必要じゃないか。前に、『エンジンの付いていないヨットは風がなきゃ動かない』とおっしゃっていたけれど、でも、帆を上げて風を待つという、そういう自力のきっかけがあればこそ、ふと風が生じた時にヨットは海を走るのではないか。

他力の大事なことは認める。風がなきゃヨットは走らない。無風状態のなかじゃヨットは走らない。それはわかる。だけど、風をキャッチして、その風に乗ってヨットを走らせる、こういう自力はやはり必要じゃありませんか。

だから大事なことは、自力と他力の両方です」

それはなるほど、たしかにその通りだと思います。

しかし、ただの他力ではなく、親鸞が絶対他力と考えたもの、それは、もうひとつ大きなところから人間の行動や行為を見ていこうとする考え方ではなかろうかと思うのです。

人がなにかを思い立つことがあります。思い立ってそうしようとする。自分の力で頑張ろうとする。

だけど、必ずしも自分の意のままに人間はできるものではありません。どうしても、それができない時もあれば、思いがけずそれが持続して、ビックリするような成果をあげることもある。

人間が思い立つということ自体が、それは自力の働きではなく、なにかそういう他力の風が吹いてきて、そこで「よし、やろう」と決める。

じつはその時は、他力の風に誘われて決断をしたのではなかろうか、と思うのです。

無風状態が続いている。そよとも風が吹かない海の上で、ヨットはまったく動かない。だけどいつか風は吹く。

そしてその風が吹いた時、その風を逃《のが》さないように帆を上げて、眠りこんだりせずに一所懸命水平線の彼方を眺め、雲の様子を見、近づいてくる風の気配をキャッチしようとする、たゆまぬそのような努力と意志の力、そのようなものを、持続させるもの、あるいはそういう気持ちにさせるもの。

むしろそちらの方が、吹いてくる風よりは目に見えない大きな他力の風ではなかろうかと考えたりします。

つまり、人間が努力しよう思い立つ、自分の力で頑張ろうと思い立ったことが、そもそも他力の働きだと言うと、なんとなく、手品のように聞こえるかもしれませんが、私は正直、そう思うのです。

❺見えない風

みえないかぜ

吉川英治さんの『宮本武蔵』という小説を、中学生の頃に愛読していました。

そのなかに、宮本武蔵が吉岡一門と果たし合いをしなければならない「一乗寺下り松の決闘」という有名な話があります。武蔵が一乗寺下がり松へむかう時に、神社の前を通りかかる。そこでひょっと、神社へむかって合掌し神様に祈ろうとするのです。

その瞬間、彼は「いや、神仏《しんぶつ》の加護を得る、助けを得ようという考えそのものがよくない。そういう考えでは負ける」と考えて、神も頼まず、仏も頼まず、なにも頼まず、自分一人だけの独力で決闘に勝つと決意して、神社に頭を下げずに、そこを立ち去るシーンがありました。

その「神仏を頼まず」という、自力の心を宮本武蔵が心に抱いたということ、そのことにじつは大きな他力の風を感じるのです。

これはなにも、ことばをこねくり回して理屈を言っているわけではありません。自分ひとり、他のものに頼まず自分だけでやろう、と決意する。そこにじつは目に見えない他力の風の働きがあると、私は思います。

そもそも、神や仏というのは、「現世利益《げんぜりやく》」と言いますか、なにかの役に立ち、自分を応援してくれることを期待して、お祈りをしたりするものではありません。

そういうことではなく、自分ひとりの力でこれを切り抜けよう、自力に徹しようと、強く彼が考え、頭を下げずにスタスタとその決闘の場所へむかったということが、じつは他力の不思議な力というものを感じるのです。

そう言ってしまえば、なんでもかんでも他力になってしまう、と言われる方もいらっしゃるかと思いますが、しかし私たちは日常の暮らしのなかで、そういう感じを非常に強く受ける場合があります。

他力の考え方の利点は、他力というものを意識している人間は、おのずとどこかに、「有難い」、「お蔭《かげ》さまで」、「自分の力でやったことじゃありません」という感覚が、ことばに出して言わなくても心のなかに生じてくることなのです。

蓮如《れんにょ》という人は、仏にものを頼むために唱《とな》えるのは念仏ではない、と言いました。自分たちのような煩悩具足《ぼんのうぐそく》の愚かな人間たちを、必ず救うと約束し、救ってくださる仏にたいする報恩感謝の念仏なのである。「ありがとうございます」、こういう感謝の念仏なのだ、と規定しました。

「ありがとうございます」、「お蔭さまで」。そのことばはやはり、他力という感覚がなければ表れてくるものではありません。

親鸞《しんらん》の有名なことばに、「我が計《はか》らいにはあらず」というものがあります。

この「我が計らいにはあらず」という感覚を、私たちは日常のなかでちゃんと大事にしているか、していないかで、相当違うのではないでしょうか。

自分がすごい努力をして、獅子奮迅《ししふんじん》の活動をしてなにかを成し遂げた。こういう時に、「見ろ、俺はこれだけの仕事をやった」と傲慢《ごうまん》にならずにすむのは、他力という考え方を意識するところからです。人間は謙虚にそのことを感謝して受け止めればいい。

同時に、物事が上手くいかないことは本当に続くものなのですが、そういう時でも、「今は他力の風が吹いてないんだな」と思えばいい。

私は、風というものは宇宙の呼吸だと思うのです。

こういう言い方は、非科学的かもしれませんが、宇宙の大きな意志というものがあって、その大きな意志がゆっくりと呼吸をする。吹く風、吸う風、それが風であり、気流であると、じつは頭のなかでひとつの物語を創るのです。

そうすると、当然のことながら、吹く風もあれば去る風もある。風はいつかは起きる。ジーッと息を止めていても、そんなには続くわけはないだろう。どこかで大きく呼吸しなければいけない。そうすると風はおのずから吹く。

こんなふうに考えて、非常に不運な苦しい生活の間も、さほど絶望せずに、極楽トンボと言われればそれまでなのですが、落ち着いて暮らしていくことができました。

他力を、信仰の大きな力と考えるようになってきたのはなぜなのか。

二十世紀の人間をかえりみてみると、私たちは傲慢すぎたのではなかろうか、という思いが浮かんできます。

人間には、あらゆることが可能である。月の世界へ行くこともできる。すべてができる。こういう傲慢さゆえに、私たちは、人間が寄生虫のように暮らしている地球というものを、ずいぶん無茶苦茶にしてきた。オゾン層を破壊したり、水を汚したり、熱帯雨林の森を片っ端から破壊して、経済的な発展のために使ったり、空気を汚したり、ありとあらゆることをやってきた。

このありとあらゆることをやってこられたという背景には、やはりルネッサンス以来の「人間万歳」「人間万能」という思想の行き過ぎ、あるいは、あまりにも肥大化しすぎた姿があると思います。

ルネッサンスというものは、教会と神の権威の前には取るに足らない雑草か虫けらのような存在だった人間たちに、「いや、それは違うぞ」と語りかけることから始まりました。人間というのは、偉大なものである。人間の持っている才能や資質を啓発し、磨き上げ、可能性を探求していけば、人間にはありとあらゆることができるのだ。人間は、この地上の虫けらではなく、王者なのだ。

ある意味で、人間の独立宣言のような、そういう響きがルネッサンスのなかにはあります。

人間万歳。大変結構なことだと思います。人間であることの自信を回復するという考えのもとに、さまざまな芸術や文化や思想が生まれてきた。そして、私たちの近代というのは、やはりルネッサンスからのヒューマニズムというものに深く根ざしています。

しかし、その人間万歳という叫びは、人間だけがこの地上の主人公なのだという考え方のほうへ、いつの間にか傾いてきてしまったのではないかと思います。人間は傲慢になり、寄生しているだけにすぎないこの地上のありとあらゆるものを私たちは勝手に消費し、汚染してきた。

最近の科学者には、地球を使い尽くしてしまったら、新しい惑星に移住すればいいだろうという考え方もあるようです。

そして実際に、火星や月など、いろいろな星が探索されています。使うだけ使い、消費するだけ消費し、汚染するだけ汚染して、地球というものをポイっと廃物のように捨て去って、新しい新天地に移っていけばいいじゃないか。

こういう考え方には、私はどうしてもなじめないところがあります。その根にあるのは、やはり「一〇〇パーセント自力」という考え方なのではないかと思うことがあるのです。

人間はやる気になればすべてが可能である。できないものはできない、できるときには、その気にならなくてもできてしまうという考え方は、非常に古いことばでいう「他力本願」のイージーな考え方として排除されてきています。

私は、人間の一生や人間の生きる日々を考えるとき、いつも思うことがあります。人の世にはできないことがある、どうしようもないことがたくさんある。そして、どんなに努力をしても避けることのできないものがある。

そういうものをあきらかに認めて、それを受け容《い》れることが、私たちの人生にとっては非常に大事なことであり、それはむしろ自由意志というか、私たちがそのことを選ぶという点において、とても人間的な行為だろうと思います。

ただ私たちはそれも、自分でそれを選んだように見えて、本当は「これを選びなさい」という聞こえない声にささやかれて、それを選んでいるだけかもしれない。とすると、人間というのは、ちっぽけな、操《あやつ》られている人形のようじゃないかと思う方もいらっしゃるかもしれませんが、そうではありません。

そのような他力の光を浴びながら、そこに生きているということが喜びであり、そして人間らしい生き方であるという考え方もできるのです。

野の風のなかに光を浴びて育っている草々、花々、こういうものを見て、それが外部の力によって生かされている貧しい存在だと私たちは考えません。

私たちは少なくとも、この地球というものに寄生し寄りかかって生きている、ひとつの生物にすぎないと考える必要がありそうです。

❻ はからいにあらず

はからいにあらず

私たちに大事なものとして頭のなかに浮かんでくることばのひとつに、「知足」ということばがあります。

「足るを知る」。

人がひとり暮らしていく上でどれほどのものが必要であろうか。「足るを知る」ということばの持っている重さというものを、あらためて考えてみたい。

私は、世界的な道教の研究者でいらっしゃる福永光司先生から、知足ということばの本当の意味を教わりました。

道教と言うと、かつてはまるでインチキ臭い加持祈祷《かじきとう》の類《たぐい》というか、民間宗俗というか、そういうものとして見られた時代が長く続きました。

たしかに、かつて道教というものを民衆の底辺に広がっている怪しげな因習、あるいは迷信的なもの、と見ていた傾向は長く続き、学会や知識人の間にも広がっていたような気がします。

一九七〇年、八〇年の頃から、タオイズムが世界のあちこちでいろいろと語られるようになり、あらためて今、中国の方たちも道教というものを真面目に勉強してみようという気分になっているところらしい。

私がその道教に興味をもつのは、中国に仏教や儒教が定着するよりもっと早く、人々の暮らしのなかに息づいていた考え方、思想であったからです。

その道教を、遅れた、土着の思想として軽蔑する歴史が中国でずいぶん長く続いて、そのために日本でも道教と言うと、なんとなく胡散《うさん》臭いという感じがあるのですが、じつは私たちの生活のなかで、道教的な考え方は非常に深く根付いている、と福永先生は指摘されています。

道教の物語のなかに出てくることばを、じつに私たちはたくさん現在使っている。

そして、道教で大事にする考え方のなかに、物事をきちんとシンメトリカルに整理していくよりは、むしろ混沌《こんとん》とした、割り切れないものを大切にする感覚がある。

このことを非常に興味深く思います。

儒教で大事にするのは、二とか、四とか、八などの、きちんと二で割り切れる数字だと教わったことがあります。それに対して道教は、むしろ三、五、七、九などの奇数、二できれいに割り切ることのできない数字のほうを大切に考える。この、割り切れないというところがミソだと思います。

現実というのは、それほどきちんと割り切れるものではない。混沌のなかにあって割り切れないなかに生命力があるのだと、こういう考え方ではないでしょうか。

奇数という観点で考えてみると、日本の三三九度、七五三、三途《さんず》の川、いろいろな意味で奇数が使われていることばには、なにがしか道教の影響が背後にあるような感じがします。

もっと大事な、道教の「道」について考えてみると、たとえば昔の街道というものがあります。街道を通る人たちは、一定の決まった種類の人たちではない。

侍も通ります。商人も通ります。スリも通る。旅芸人も通る。いろいろな人たちが道中、街道筋の道というところを同時に通って行くのです。

つまり、ある種類できちんと分けることのできる人たちだけが、整然とそこを通るというのではなく、混沌としてさまざまな人たちが雑然と同時に存在している。雑然と存在しているもののなかに、じつは生命の起源というものがあるのではないか、そういう考え方です。

普通、私たちはAとBは違う、という考え方をします。

AとBとは違いますが、道のなかにはAとBが同時に存在している。こういう考え方ができます。

そのように、たとえば自己と非自己が同時に存在する、それが道である。ふたつだけではなく、もっとさまざまなものが、同時に混然と存在している。

混然と存在しているというもののおもしろさ、そういうもののなかに、ひとつのエネルギーを見ようとする思想なのです。

たとえば、私は雑誌が非常に好きですが、雑誌というのは文字通り、雑にいろいろなものが同居している。それだけに単行本のようにきりっとはしていませんが、どこかバイタリティがある。生き生きしたところがある。

「雑然」ということばもそうです。ロシアには翻訳されて、「雑知識人《ざっちしきじん》」と言われることばがありました。「雑階級人《ざつかいきゅうにん》」などとも言います。

このように、雑というのは、非常におもしろいことばだと思います。

そして、道教の「道」ということばのなかには、雑なるものを決して軽んじない、そういう感覚が背景に深く広がっているような感じがします。

老荘思想ということばが表すように、道教には老子・荘子の思想の影響があると言われます。しかし、それ以上にもっと深く、中国の民衆の間に土着的な感覚として生きていた、割り切れないものを大事にする感覚が、じつは道教の基盤になっているのではないでしょうか。

現代の合理主義というのは、どちらかというと割り切れるものを大事にするという考え方です。割り切れるものを大事にする近代において、道教やタオイズムが注目されるようになってきたというのはどういうことか。

やはり、そのなかで割り切れないものを大切にしようという、人間の平衡《へいこう》感覚というものが道教を最近注目させているのだろうとも感じます。

道教の考え方を、水の思想、船の思想であると、福永さんはとらえておられました。中国の、どちらかというと南方が道教系の感覚の強いところであり、「南船北馬《なんせんほくば》」ということばは、ただ南を旅する時には船で、北を旅する時には馬ですするという意味だけではない。

では、水の思想とはなにか。

水というのは海です。海というのは、いろんな川から流れこんでくるさまざまなもの、きれいな水も、汚い水も汚染された水も汚物も全部分け隔てなく海という広い領域のなかに受け容れます。分け隔てなく受け容れる。

分け隔てなく受け容れて、混沌のなかから太陽に熱せられ、新しい水蒸気をまた空に発し、海から上がった水蒸気は雲となり、霧となり、雨となってふたたび地上に降り注ぐ。

分け隔てなく受け容《い》れるという点で、海というのは非常に深い、しかも広い。いわば寛容というものが自然に表れたひとつの姿ではなかろうかと考えるところがあります。

私たちは、高い山にも憧《あこが》れます。屹立《きつりつ》した高い山。いい加減な人間は寄せつけないような、選ばれた人間だけがそこにチャレンジすることのできるような高峰。そういう山を見て山の霊気を感じ、そこに憧れる気持ちがあります。でも一面、傾斜に沿って水として流れていき、ありとあらゆる塵芥《じんかい》も一緒に受け容れる、海の大きな懐《ふところ》に抱かれたいという気持ちもあります。

海に憧れる気持ちと、山に憧れる気持ち。

このふたつの感情のなかで私たちは生きているのですが、海は母というものを感じさせるところがあります。「慈」と「悲」を考えれば、「慈」の山と、「悲」の海、こうたとえて言えるのかもしれません。

道教の考え方、他力という考え方が、いまこの時代、さまざまな面で私たちが生きることを困難に感じている時代に、とても大きな知恵として、あるいは光として、私たちを支えてくれると信じています。

我が計《はか》らいにはあらず。このことばを呪文のように唱《とな》えながら、今の、この時代を生きていきたいと思うのです。

❼ 歓びノート よろこびノート

人間には、ふっとした瞬間に、なんとも言えず心が暗くなるというのか、心萎《な》える瞬間というものがあるものです。

私もそういう瞬間をしばしば感じますし、若い時からそうでしたが、やはりある程度歳を重ねてからは、そうした時間が非常に多くなってきました。

心萎えるというのは、たとえば自分の身近な家族や肉親までが、なぜか遠くにいる他人のように感じられる。親友や自分の学校の先生、会社の同僚、普段親しくお付き合いしている人たちまでが、まったく自分と関係のない遠い人間のように思えてしまう。

あるいは、自分の人生の目的として大事にしてきたようなことが、なにかすごくつまらない、小さなことのように感じられる。自分というものの存在が、もうこの世の中になにか不要の存在であるかのように感じられたり、非常にちっぽけなものに思えたり、孤独を感じたりする。

こういうことが、生きている暮らしのなかでしばしばふっと訪れてくるものです。こういう時を、「心萎える」と言います。

人間はなんらかの方法でそういう心萎える瞬間を、その都度《つど》乗りきって生きていくわけですが、そのためには各人各様いろいろな工夫、方法があるのではないかと思います。

自分でそれを方法として意識していなくても、長年そういう心萎える瞬間を切り抜けてきているうちに、私だと私流の、あなただとあなた流の、それが自分を励ますひとつの技になっていく。こういうことがあるのではないかと思います。

自分自身のことを振り返って考えると、ちょうど四十代の終わりの頃から五十代の初めにかけて、なんとも言えず心萎える瞬間がずっと続いたことがありました。

大変慌《あわ》ただしい仕事の最中だったのですが、思いきって仕事をやめて、休筆と称し三年ほど第一線から退きました。そして若年寄風《わかどしより》に京都へ移転して、そこで日を送ったわけですが、その三年間の間に、自分流に少しずつ心萎える期間から立ち上がっていく工夫はやはりしていました。

そのなかで、今考えてもとても効果があったと思う、あるいはこれは役に立ったと思うことは、小さなメモ帳のような、日記とまではいきませんが、ノートをいつも座右に携《たずさ》えていることでした。

そして、一日にたったひとつでいいから、なにかすごく嬉しかった、心華やいだな、ちょっと感動したな、という瞬間を覚えておいて、それを夜寝る前に繰り返し思い出しては、そのメモ帳に、短く一行書き記すという方法なのです。

私はこれを「歓《よろこ》びノート」と称しておりました。

たったひとつでいい。一日のうちになにかひとつ、ちょっとでもいいから嬉しいことはなかったか、とあれこれ考えて、自分を励ますようにして、嬉しかったそのことを書く。

こういうことがあってすごく嬉しかった。この一行だけなのです。二つも三つも書こうと欲を出さずに、たった一行だけ。

今日はこういうことが嬉しかった。これを自分の義務のようにして、毎日ひとつずつメモにつけていくということを繰り返しました。

まあ傍《はた》の人から見たら、なんてくだらないことで喜んでいるんだと思われるような、そういう小さなことでも、とりあえず一日がなんとなくブルーで、心萎えて憂《ゆう》鬱《うつ》ななかでも、ちょっとした、ここで心がふっと揺れたと、そういうことでも強引に「嬉しかった」と書く。

たとえば、仕事で京都から東京へ新幹線に乗ります。新幹線の左側の窓際の席にたまたま座ったために、そしてたまたまその日が大変よく晴れた日であったために、富士山がすごく良く見えることがある。そうすると、そのことを覚えておいて、夜寝る前に、

「今日はラッキーにも窓際の席に座って、ふと気づいたら富士山がじつに美しく見えた。それが今日は嬉《うれ》しかった」

と、こんなつまらないことを書きます。

書くことがなにもない日ももちろんあるのです。そういう時でもなにかを見つけ

る、無理にひねり出すという感じで、歓びの一行をつけるという日課を続けました。

またこれはじつに馬鹿馬鹿しいと笑われそうな話ですが、ネクタイを結ぶときに、なかなか気持ちよく一回で結べないことが多い。私は指先が不器用なものですから、ネクタイを上手《うま》く結ぶことがなかなかできません。鏡の前で四苦八苦して、最後には「えい、やめた」なんて言ってポロシャツを着て出ていくこともあるのですが、

「今日はネクタイがいっぺんで形よく綺麗《きれい》に結べた、すごく嬉しかった」

こういうことを書いた時もあります。とても人に言えるようなことではありませんが、そういうふうにして、いろいろなことを一日ひとつ見つけ出してつけていきます。

またたとえば、私の場合、長髪というのでもないのでしょうが、髪が長めなものですから、朝起きた時には、寝ぐせで髪が逆立ってライオンみたいになっていることがある。何度撫《な》でつけても上手くいかないこともあるのですが、日によっては、素直にすっと思う通りに指先でかき上げただけで、上手くおさまることもあります。

そういうときには、

「今日は朝起きたら、上手い具合に髪が大人しくおさまって嬉しかった」

とか、そんなつまらないことを書きます。

暑い日にたまたま冷たい水を一杯飲むと、高校生時代にテニスをやっていたのですが、テニスコートのそばの蛇口に口を付けて冷たい水をがぶ飲みした時のことをふっと思い出したりして、「今日は冷たい水を飲んで嬉しかった」と書く。

そういう、本当にどうでもいいようなことを一所懸命考えだしては、その「歓びノート」につけるようなことを繰り返していました。

これが三ヵ月たって、半年たって、一年くらいたつと、不思議なことにそれほどうんうん捻《ひね》りださなくても、割合すっと「あ、これは嬉しかったな」と思うことが出てくるようになったのです。日によっては、三つも四つも五つもある。ひとつしか書かないと決めているものですから、そのなかのどれを書きつけようかと迷うくらいになってきました。

その頃から自分の心萎えた状態が少しずつ回復にむかっていたのかもしれません。

そうやってやがて二年たち、三年もたつと、もう一度修羅《しゅら》の巷《ちまた》で仕事をするか、という気持ちになれたのです。

こうして、私はとにかく喜ぶことを、無理でもなんでも自分で見つけだして、どんなに憂鬱な日々が続いているなかでもなにかひとつ探そう、それを書きつけよう、そしてそれを口に出して、「今日はこういうことがあって嬉しかった」と言おうと決めたことは、とても良かったと思います。

しかしまた六十歳前後になると、またなんとなく心萎えるような季節が続いたのです。その時は、前の心萎える季節を「一日一歓び」の工夫で乗り切った経験があるものですから、さほど慌《あわ》てることなく、

「よし、今度もまた一日ひとつ喜ぶことを見つけて、毎日毎日これが嬉しかったと書きつければ、この鬱《うつ》も乗り越えられるに違いない」

と、割と安易にみていたのですが、二度目の時には、なかなかこれが上手くいかない。どういうわけか、「これが嬉しかった」と書いても、さほど心の奥で波立つものがない。感激するものがないのです。

どうしたんだろう、やっぱりああいうものは、一生に一度のことかな、と思いつ

つ、とりあえず三ヵ月ぐらい続けてみたのですが、どうもいっこうに効き目がない。

それで、今度はひとつ逆療法というのをやってみようと思いました。

一八〇度方向を転換して、一日にひとつ、本当に悲しかった、思わず涙が出たという、「今日はこんなことがあった。すごく悲しかった」ことを書いてみようと思ったのです。

これは、理屈もなにもありません。歓びで駄目だったら、ひとつ悲しみでいってみるかと、こういう感じなのですが、実際その頃、心のなかにいろいろなことで、なんとも言えない悲しいと思うことが、とても多かったことは間違いありません。

一日に一回、その日感じたことのなかで一番悲しかったことを書く。

ひとつずつそれを書きます。「悲しみノート」とでも言うのでしょうか。そして、「本当に悲しかった」と書き、その悲しさをあらためてかみしめる。

それを繰り返して三ヵ月、半年とたつと、また不思議なことに、心の状態が少しずつ平常に復してきたのです。おやおや、これは不思議なことだな、と思いました。

そしてやがて一年ほど続けているうちに、自分の心萎えた時間に、少しずつ少しずつ光が差してきて、長く続いた鬱《うつ》の状態がちょっと明るくなってくる実感があったのです。

私はその時、ずいぶんこのことについて考えました。喜ぶということも、心に波立ちを起こさせ、感動するという大事なことであると。そして悲しむということも、その反対ではあるが、やはり心を波立たせ感動することなのだと。

喜ぶことと、悲しむことというのは、両極端のように見えますが、とりあえず自分の心を揺すって、そこに波を起こさせ、生き生きとした感情を取り戻すことに関しては同じではないかと思いました。

喜ぶこと、悲しむこと、いずれにしても自分の心というものが柔らかく、そして揺れ動く状態でなければなりません。

自分の心萎えた状態はひょっとしたら、心に水気がなくなって、野菜の葉っぱが枯れてしなっと萎えていくように、心に潤《うるお》いがなくなって、乾いてひび割れかかっている、プラスチックのような、乾いた硬い心になりかけていたのではなかろうか。

ある時は、喜ぶということで潤いを与え、波を立てる。ある時は悲しむというような反対のことで、波を立て、心を揺らす。

いずれにしても人間らしい生き生きとした潤いのある感情を取り戻すことが、じつは大事であると、ようやく気がつき始めたわけなのです。

喜ぶことはいいことで、悲しむことは良くないことだ、とふつう考えがちなのですが、そうではないと思います。

本当に心の底から悲しんで、「ああ、悲しい」と思うこと、心の底から喜んで「ああ、嬉しい」と思うこと、じつは両方とも、人間の感情を生き生きと潤いをもって波立たせる、大事なことではないかとあらためて思いました。

＊

その頃からでしょうか。

人間の悲しみとか寂しさ、そういうこともまた人間の心を生き生きと活性化し、ひょっとしたら心身の自然治癒力《ちゆりょく》を高めて、生きていく力を与えてくれるものではないか、と考えるようになりました。

そして、悲しむ、憂《うれ》う、などのマイナスイメージとも呼べるようなことばがあると、ふっとそれに目が行くようになったのです。

そういうなかで目についたのは、本シリーズの『朝顔は闇の底に咲く』でも紹介している岡本かの子の短歌です。

年々にわが悲しみは深くしていよよ華やぐいのちなりけり

あらためて解説するまでもない歌ですが、私は好きな作品です。

一年一年歳《とし》を重ねて、老いが深まっていくごとに、人間が生きていく上での憂い、悲しみ、悩みは増していくばかりである。あ〜あと、溜《た》め息をつくような日々のなかで、それらは積み重なって丘のようになっている。

しかし、目をつぶってしまったり、やり過ごしたり、他のことでごまかしてしまったりせずに、真っすぐに目の前に迫っている、悲しみといううずたかい山にむかって、視線をピタリと据えて、ジーッと見つめている。
すると、その悲しみや憂いのむこう側に、少しずつ華やいで色づき、活性化して
生き生きと甦《よみがえ》ってくる自分の命が見えるようだ。

私流に受けた感じをことばにしてみると、こういう歌ではないかと思います。

私の実感では、岡本かの子という人には、生き生きと華やいでくる自分の命というものが、実感をもって見えたのではないかと思えます。

歳を重ねるごとに積み重なってくるさまざまな悲しみ、これはあらためて説明することもありません。人間はそういう悲しみを積み重ねながら老いていく。

歳を重ねていくということは、世間ではめでたいことだと言われますが、個人の実感としては、笑顔でそういう人々の祝福を受けていても、じつはしんどいことなのです。

私も毎日寝る時に、「あ〜、やれやれ」と言って眠りますし、起き上がる時には「あ〜あ」と言って、背伸びをして、ポキポキと音のする自分の体をやっと起こし、鏡にむかって「さあ、なんとか今日も一日生きていこう」と、無理やり元気づける

ことで、やっとその日一日をスタートさせる。

目や歯、耳、足腰、その他もろもろ、いろいろなことで具合の悪いことは年々多くなってくる。

さらに、自分の頭のなかの脳の細胞がプチプチと音を立ててどんどん潰《つぶ》れていくのが、目に見えるような感じがします。固有名詞が出てこない、親しい人の名前が思い浮かばない、大事なことをすぐに忘れてしまう。

ああ、自分も歳をとったもんだなあと、つくづく思うことは、本当に毎日のことです。人間はそんなふうにして歳を重ねていきます。

永遠の青春だなんて、掛け声だけはきれいですが、そんなきれいなことではありません。

人間が歳を重ねて老いていき、さらに生き続けていくということは、まるで重い荷物を背負って暗い坂道を歩いているようなもので、心もとなく、じつに辛《つら》いことでもあります。

そういう辛い日々のなかで、積み重なって次第に大きくなっていく、生きていく悩み、悲しみ、そういうものから目を逸《そ》らさないことは、なかなか難しいことなのです。

岡本かの子はそれを歌にして、ちゃんと老いを見つめ、老いと対話しながら、そのような悲しみや悩み、苦しみというものを、自分の親しい同伴者のように感じながら生きていこう。そう決意したのではないでしょうか。

❽勇気をもって諦める

ゆうきをもってあきらめる

もうずいぶん昔のことになりますが、神戸に在住の陳舜臣《ちんしゅんしん》さんという先輩の作家と、地元タウン誌のお正月の対談をさせていただいたことがありました。

その時、対談が終わって雑談のなかでうかがったひとつの俳句があります。これが不思議なことに頭のなかにしっかりとこびりついて、なかなか離れないどころか、年々鮮明になってまいります。

人間の記憶というのは非常にわがままなもので、おもしろいな、と自然に思うと、それをメモしようとか、一所懸命頭のなかで繰り返し記憶することをまったくしなくても、なにかピタッと否応《いやおう》なしに心のなかに焼きついてしまうものなのです。

それとは反対に、何度頭のなかで確認し、メモをとっても覚えられないことはたくさんあります。ひょっとしたら、そういうことは私にも、誰にとっても、本質的に必ずしも必要でないものなのではないか、と勝手なことを考えたりします。その時、雑談のなかでふっと教えていただいた俳句は、こういう作品です。

春愁《しゅんしゅう》や老医に患者なき日あり

春愁というのは、春という字の後に、愁という字が付くところが非常におもしろい。

中国ではどちらかというと、秋に愁いを感じる人が多いようです。愁風《しゅうふう》、愁夢《しゅうむ》、人を愁殺《しゅうさつ》なんて文句が頭に浮かんできます。秋の風が冬の気配を感じさせ、木々は落ち葉の後、枯れ木のような枝を空に伸ばしている。こういう時が、愁という字にはふさわしいような感じもするのですが、春愁というのは、いかにも日本人好みで、私は日本人がそのことばを大事にしてきたのがよくわかるような気がします。

この、「春愁や老医に患者なき日あり」という句をお作りになった方は、俳号を播水《ばんすい》。五十嵐《いがらし》播水《ばんすい》というかたです。

たぶん播州、姫路の方のご出身ではないかと思いますが、この俳句の背景を想像してみますと、いろんな物語が浮かんできます。

俳句のおもしろさというのは、非常に短いことばでありますが、実際の状態や情景とは無関係に、読む人が自分なりにその物語世界を想像し、勝手にいろいろな物語を作り出す、そういう糸口になるところではないでしょうか。

「いやいや、そういうつもりで作った句ではありませんよ」と、作者の方から叱られるかもしれませんが、私はこの俳句の背後に、こんなふうな状況を勝手に想像しました。

この五十嵐播水先生という方は、お医者さんだとうかがいました。名医として、若い頃は非常に人々に信頼され、慕《した》われたドクターでいらした。たしか、神戸の市民病院の院長先生もなさったのではないかと思います。ある年齢になられて現職を退かれた後もなお、診察を続けられ、俳句をたくさんお作りになった方だということです。

私がその俳句のことをうかがった時には、すでに相当のご高齢でしたが、二〇〇〇年に百一歳で亡くなられたそうです。

私が勝手に想像したその俳句の背景とは、こういう物語です。

若い頃からずっと、医療の第一線で活躍なさって、「医は仁術」ということばを実行し、たくさんの患者さんたちに名医として慕われた、立派な医師がいる。

そんな彼も、ある年齢に達し、自分の腕が確かな間は、世のため人のためにお役に立つということが自分の生きがいだと、お宅の一部を改造して、小さな診療所を開く。

近所の方たちや、地域住民のホームドクターのような相談相手として、日々務めておられるうちに、やがてずいぶんとお歳《とし》を召される。

その老医にとってそれは、生きている間、世のため、人のために力の限り尽くそうという志《こころざし》ではありますが、また同時に、老いた日々の生きがいでもあるわけです。

今日はあのリウマチのお婆《ばあ》ちゃんはどうだろう、具合は良くなっているだろうか、あの麻疹《はしか》の子どもは今日訪ねてくるだろうか、などと、患者さんたちとの会話や接触を心待ちにして日々を送っていらっしゃる、こういう老医の姿が浮かんできます。

ある春の一日、さあ、今日も頑張《がんば》って患者さんたちのお世話をしようと、白衣を着て聴診器を掛けて、診察室に座って患者さんたちの来るのを待っているのですが、不思議なことに九時になっても、十時になっても、お昼を過ぎても、誰も訪ねてくる患者さんがいない。ひっそりと静かである。

どうしたんだろうと思って、手伝いをなさっている看護師さんに、

「おいおい、どうしたんだい。今日はだーれも来ないじゃないか」

と言うと、たぶんこの看護師さんもかなりご年配の方でしょうね、

「そうですねえ、今日はどなたもお見えになりませんね。そう言えば先月もこんな日がありましたが、まあ仕方がないんじゃないですか」

と、こういうつれないご返事。

「そうか、誰も来ないか。そう言えば先月もそういう日が何日かあったな。どうもこのところ、そういう日がポチポチと目立つようだ。まあ、しかし、それも無理は

あるまい。新しい大きなホテルのような立派な施設を持った病院もあるし、やれCTスキャンだなんだと、素晴らしい最新の設備を備えた病院もある。若くて有能な医師の方もたくさんいる。

そんななかで、こんな歳をとったポンコツ医者のところへわざわざ訪ねて来てくれるような患者さんが、日一日と少なくなったとしてもそれは無理からぬことだろうなあ。よく今まで自分のところへ来てくれたもんだ。

しかし、これから先はこういう日々が一日二日と増えていって、やがては一週間十日、あるいは一ヵ月と、誰も訪れてくる者もない病室で、自分がぼんやりこうやって座って歳を重ねていくような、そういう日々が続いていくのかな。

そうして、やがては自分も忘れ去られて、静かにこの世を去っていくことになるのかもしれない。それはそれとしていい人生であったと言うべきかな」

こんなことを思いながら、黙然《もくねん》と窓の外を眺めると、窓の外にはちょうど桜の花かなにかが風に吹かれて、チラホラ散っている。

柔らかな昼の日差しもガラス窓を通して斜めに診察室の床の上に落ちている。こういう心持ちのなかで、寂しいようでいながらもシーンと心が充実している。諦《あきら》めるというのは、必ずしも物事を投げ捨てて無気力に放置することではありません。

本当はなかなか見たくないようなことでもきちんと見て、その現実を自分でちゃんと受け入れる、それが諦めるということです。

春の日差しを受けながらボンヤリと来《こ》し方、行く末を考えている老医の、心のなかに広がっている感情は、いい意味で、そのような諦めというものと、愁《うれ》いというようなものだったろうと思います。

春愁ということばは、じつにその辺の感覚を、よく表現しているような気がします。

冷たくない。荒涼《こうりょう》としていない。寂しいけれども、どこか温かい。そこには諦めた人間の落ち着きと平和と穏やかさがある。

「春愁や老医に患者の無き日あり」

五十嵐播水さんのこういう句を最近しきりに思い出します。

❾ 人は失われるものを愛する

ひとはうしなわれるものをあいする

「春愁」ということばで、連想する歌がひとつあります。

これは『万葉集』のなかの大変有名な歌で、大伴家持《おおとものやかもち》が作った歌ですが、私は中学生の頃に授業で習い、妙に頭のなかに残っています。

これはもう非常に人口に膾炙《かいしゃ》した歌なのですが、こういう歌です。

うらうらに照れる春日に雲雀《ひばり》あがりこころ悲しも独りし思へば

『万葉集』の第十九巻に入っている歌です。

大伴家持は政治家でもありましたが、八世紀の頃の歌人として、とても大きな仕事をした方です。この「こころ悲しも」のこころというところが、私の見た本では人情の「情」という字が原文にあって、それに「こころ」というふうにふり仮名が振ってあったのを記憶しています。

「うららに照れる春日に雲雀あがり」

なんとも言えない陽気で爽《さわ》やかな風景です。

空はうらうらと春の霞《かすみ》がたなびくような、そういう柔らかな色に輝いており、空高く若い雲雀《ひばり》がピーチクパーチク元気に鳴き声をあげながら舞い上がり、急降下を繰り返している。

そして、おそらくその背景には緑なす青垣《あおがき》、山々の峰がずっと連なっているでしょうし、草原は青々とした草に覆《おお》われているに違いない。見るからに、なんとも言えない春の日の日差しのなかで、ボーッと一人で立ちすくんで、その状況に身を任せて、それを眺めている、一人の万葉人《まんようびと》の姿がある。

その時に、彼の心のなかの状態を「心悲しも」と歌っているところが、中学生の当時の私には、非常に不思議で仕方がありませんでした。

当時の国語の先生に、

「先生、これなんで『悲しも』なのですか？　春の日でしょう？　雲雀は元気に舞い上がって、飛び上がったり、飛び降りたりする。周りはもう青々と輝いて、見るからに生命が躍動している。

そんな風景なのに、それを眺めていて、こっちの心も浮き立つような嬉《うれ》しさを感じるならわかるのですが、なぜ『悲しも』なのですか。『心嬉しも』のほうがいいんじゃないですか」

なんて言って、「おまえ、馬鹿だなあ」と、先生に叱られたことを覚えています。

「万葉時代の『悲し』ということばは、現代の我々が使っている悲しいということばとは意味が違うんだ。『悲し』ということばのなかに、じつに深いさまざまな意味が含まれている。ただ単純に悲しいというふうに考えてはいけない。

それは逆に愛《いと》しという感情かもしれないし、あるいは嬉《うれ》しという感情かもしれない、あるいは物事を惜《お》しむという感情かもしれない。

ともあれ、自分の心にシーンと周りの情景が染みこんでくるような、そういう心持ちを、ここで大伴家持は『悲し』というふうに歌っているのだ。『悲し』ということばは美しいという、そういう意味にも使うんだよ」

このように先生に言われたことが、妙に記憶に残っています。

まあたしかにその通りではありましょうが、やはりこれが「嬉し」ではなく、「悲し」ということばで、心のしんみりした状態が表現されているということは間違いないと思います。

なぜ万葉人は、そのような心浮き立つ春の風情《ふぜい》のなかで「悲し」ということばをつかったのでしょうか。

私は思うのですが、おそらく「悲し」という心の背景には、「惜しむ」という心持ちがあり、惜しむという心持ちから、それを「愛《いと》おしむ」という気持ちが生まれてき、愛おしきものが去っていくというところから、なんとも言えない愁《うれ》いのようなもの、もののあわれのようなもの、そういうものがそれを眺めている家持の胸のなかに広がっていったのではないかと考えるのです。

回りくどいことを言ったような気がしますが、つまり、その春の日の一瞬が、美しければ美しいほど、のどかであればのどかであるほど、それを見ている人の心のなかには、この春の日も一瞬のことである、これもとどまることなく過ぎ去っていく風景である、こういう感覚が生じてくるのは自然のことだと思います。

ルネッサンス期の頃、メディチ家のロレンツォという、大変有名なリーダーがいましたが、この人は、

「春は疾《と》く過ぎゆく、ただ今をこそ楽しめ」

という意味の当時の歌を非常に愛して、なにかあると、ことごとくに歌っていたという話を聞いたことがあります。

ベニスのゴンドラの舟唄というのは有名ですが、その舟唄のなかにも、

「春は一瞬の内に過ぎゆく。だから今をこそ楽しめ」

というような意味の歌詞の歌があったらしく、我が国で大変流行した『ゴンドラの唄』は、きっとそういうものとつながっているのではないかと思います。

いずれにしても、春の日は疾く過ぎゆく。一瞬のうちに過ぎていくのである。やがてメラメラと陽炎《かげろう》の上《のぼ》る夏がやってくる。やがてしばらくたつと、木の葉が散り、蕭条《しょうじょう》たる秋が訪れてくる。そしてその後には雪の降りしきる冬がやってくる。

あの若い雲雀もやがては老いて、あのように空高くは舞い上がれなくなっていくであろう。青々としたこの草原も、やがて蕭条とした枯野原になるであろう。そのように今、目の前に見える風景も一瞬の後《のち》には過ぎ去っていくものである。

それを見ている自分自身はどうか。自分自身もやはり一年一年老いていき、来年、再来年、その年の次、またこの春の風景を見られるか、これは誰にもわからない。見ている側の人間も、見られている側の自然も、共に一瞬すれ違っていくだけであって、春の日が美しければ美しいほど、それは一瞬の後には過ぎ去って失われていくものである。

こういうふうに考える時に、心のなかにそれを惜しむという気持ちが生まれてくる。惜しむ気持ちが、逆に、だからこの一瞬をこそ全身を耳にして春の語る声を聞こう、春の歌を聞こうじゃないか、という気持ちになってくる。

愛《いと》おしむという想いは、そこから生まれてくるのではないか。

西欧の哲学者のことばでしょうか、

「人は失われてゆくものしか愛せない」

ということばがありました。人間は永遠に自分の手元にあるものにたいしては、愛というものを感じない。

非常に皮肉なことなのですが、あっという間に手のなかから失われていって、それを追いかけても帰ってこない、そういうものを人は愛するということばです。

春の一日に心を震わせて感動するのも、それがこの一瞬のためである。

急行列車がすれ違うように、見ている対象と見ている自分もすれ違っていき、共に移り変わっていき、失われていくものである。

その春の日が美しければ美しいほど、万葉人《まんようびと》の心のなかにその想いが広がって来て、その万感を「悲し」というひとことで表現しようとしたのだと考えられます。

「うららに照れる春日に雲雀あがりこころ悲しも独りし思へば」

その当時の人々の心持ちが、現代の私たちにも実感されます。

⑩声が語ること　こえがかたること

ある年齢に達すると、あと何年、と自分の余命を考えたりします。統計では最近、男性の平均寿命がちょっと下がったと報じられており、七九・五九歳と出ていました。しかし、あと何年か、年数で数えると、切迫した感じがありません。他の所で記したように、

「あと何回このような春の日を、桜の花を見ることができるのか」

こんなふうに考えると、いまにも目の前に期日と言いますか、そういうものが迫ってくるような実感があります。

高校野球の熱戦を見ながら、扇風機の風の吹くところで浴衣《ゆかた》を着て、西瓜《スイカ》を食べるということも、「そうか、これもあと二回か」。次の年は「あと一回か」。こんなふうに数えていくと、本当にあっという間に疾《と》く過ぎゆくものであるなあ、という

実感を抑えることができません。

先に述べたように、喜ぶ、そして悲しむ、じつは両方とも、人間の心にいい影響を与えて、心を波立たせるものです。

だから私たちはできるだけ石のように固まった心を持たずに、生き生きとした、すべてのものに歓び、すべてのものに悲しむ心を大切にしなければならないのではないかと思います。

泣くということについても、前にも触れたと思いますが、私たちは本当に物心ついてこのかた、地面に体を投げだして大地を叩いて号泣するというような、泣き方を体験したことがあるのだろうか。

私には一度だけ、自分でも思いがけないような泣き方をしたことがあります。

それは、戦後一緒に引き揚げてきた弟が、四十二歳でがんで急死した時です。本当になんとも言えない気持ちが噴き出してきて、抑えることができませんでした。

しかし、その時のことをいま考えてみますと、亡くなった直後から告別式にかけてまでの間は、意外さと、驚きのために、涙を流すことはほとんどありませんでした。

親しい者だけでお別れの会をやったのですが、そのお別れの会の席上でも不思議と涙が出ませんでした。そのことで自分が人間として普通の状態ではないのではないか、という恐れを感じていたのです。

共に引き揚げてきて、戦後を苦労して生きてきたたったひとりの弟の死に接しながら、号泣することができない自分。いったいどういうことだろう、自分の心は石になってしまったのかな。こんなふうに、不安を抱いていました。

ところが、亡くなって一週間ぐらいたってからでしょうか。知り合いのお寺の方が訪ねてこられました。

その時は平服で背広を着て来られたのですが、私の弟の写真の前で、こう言われたのです。

「蓮如《れんにょ》上人の御文書を読ませていただいていいでしょうか」

「ええ、どうぞ」

と申し上げると、そこで、かの有名な、「白骨の御文章」、「白骨の御文《おふみ》」とも言いますが、それを淡々とお読みになったのです。

私は横に座ってそれをずっと聞いていましたが、普段はなんとなく美辞麗句《びじれいく》のような感じで読み過ごしていた、その月並みとも言える文章が耳から自分の心のなかに真っすぐ入ってきて、なんともいえない気持ちになってきたのです。

そして、自分でも意識しないうちに滂沱《ぼうだ》として涙があふれてきて、思わず畳につっ伏して、大声で泣いてしまったのです。

あれは、非常に不思議な体験でした。

蓮如という人の「御文章」とは、書簡ですが、とても有名な文です。

しかし、人によっては平凡で月並みなことばが多い、それから繰り返しが多いとおっしゃる方もいます。

机の上で活字で読めばそのように感じられるものかもしれない。この蓮如という人の書かれたものは、机の上で広げて資料として読むときは、どうということのない文章です。

ところが、ある人間が一生に何度と出合うことのない劇的な状況のなかで、これを耳から肉声で音として聞いたときには、机の上でテキストを読むようにして読んでいたときにはまったく感じられなかったことばのひとつひとつが、活字の行間から立ち上がってきて、こちらの胸のなかにキリキリとつきささってくる。

声に出して、朗々と読むことによって、こちらに伝わってくるものがある。「正信偈《しょうしんげ》」という有名な、お勤めのときに唱《とな》えることばもありますが、「偈《げ》」というのは、歌という意味です。歌を活字で読んで、それをああだこうだと言うのは不充分でしょう。

私の手もとに、ロシアの歌曲を集めた詩集がありますが、その詩集の扉には、「詩は読むべからず。歌うべし」と、一行書いてあります。

「偈」というのはそういうことです。目で読んで、それを論理的にいろいろな形に分析したり、解剖したりするということではない。

ある状況で、声に出して、それを耳から聞く。そのときに、その文章のもっている本当の実力というものが、行間から活字が立ち上がるように予期していなかった力強さでこちらの胸に迫ってくるものです。

蓮如という人の残した文章は、じつはそういう文章だったのだな、と痛感したのです。

⓫ 希望の光

きぼうのひかり

私たちは戦後、憲法によって健康的で文化的な生活が保障されている、という錯覚のなかで生きてきました。

しかし、私たちの生きているということの不確かさ、不安な気持ちは、憲法だろうが法律だろうが、いくらそんなものが認めてくれたところで、自分の心を誰も救ってくれるものではありません。

そういうなかで私たちは、どうしようもない心の不安と、落ち着きのなさのなかでなにかを求める、そういう時に、宗教ということをふっと思い出したりします。

はたして、宗教が人間の心の不安定な状況に役立つものであるかどうか。それをあらためて考えてみたいと思います。

人間はいったい、宗教になにを求めるのか。

それはやはり心の平安だろうと思います。悟りを求めるというのも、仏教のひとつの目標ですが、生きていく上で、また死んでいく上で、心安らかにその生を生き、その生を終えることができるようななにかをつかみたい。

親鸞《しんらん》も繰り返し語っていることですが、宗教というのは、世間の道徳とはむしろ相反するものではないかと思います。

ですから私は、もし国や文部科学省が宗教教育をやろうとしても、ちょっと難しいだろうと思うのです。

キリスト教にしても、イスラム教にしても、仏教にしても、宗教というものはこの世の法ではない。この世で実現しない、ありえないようなもうひとつの世界を目指す、これが宗教の世界である。こんなふうに思うのです。

ですから、私たちの現実的な、生きていく上での道徳というものと、宗教というものは、どうしても相容《あいい》れないところが出てくる。

人間の社会というのは、前へ前へと進歩していくことをおのずから望むものです。宗教は、その進歩にブレーキをかける、つまり逆行させ、引き留《と》めるように働くもの、これがじつは宗教ということではないかと思います。

とすれば、宗教と世間の常識とは逆に働くものだという感じがしないでもありません。

学問的に考えたり、宗教に身を任せれば、人間の暮らしの上で役立つのではないか、と考えたりしますが、そうではない。

闇夜のなかを重い荷物を担《かつ》いで手探りで歩いていくなかで、宗教とはその行く手に灯《とも》る一点の灯火《ともしび》かもしれない。

あるいはその険しい山道、右が断崖、左が絶壁で、一歩誤れば落ちてしまうという不安と苦悩のなかで手探りで歩いている。ひしひしと重い荷物は背中に食いこんでくる。こういうなかで、月の光のように道を照らしてくれる一条の光が宗教かもしれない。こんなふうに思います。

ですから、たとえ信仰とか信心とか、そういうものを得たからといって、生きていく上での苦しみや、悩みや、悲しみがいささかも減るものではないと、私は思っています。

信心を得れば、毎日が生き生きと楽しく生きていけるか。おそらく、そんなものではないでしょう。苦しみや悩みや人生の重みは、信仰を得ようが、信心を持とうが、いっこうに減るものではない。

しかし、夜の山道を歩いているとき、真っ暗のなかで、自分はどこにむかっているのか、どこまで歩いていけば目的に到達するのか、そして、自分の歩いていることの足元は崖っぷちなのか、断崖の際《きわ》なのか、なにもわからない不安にくらべれば、辿《たど》り着く先に集落の灯りが見え、

「ああ、あそこまで行けばいいんだな」

と思う。

あるいは自分の歩いている細い断崖絶壁の山道を一条の月の光が照らしてくれる。

「あ、この道を辿って行けばいいんだ」

と思う。背中に背負う重荷《おもに》は少しも軽くならず、そして歩いていく道も少しも近くなるわけではありません。

苦しみや悩みや悲しみというものが、いっこうに減るものではないが、そういう

ものにくじけないで、とにかく歩き続けようという気持ちを持たせてくれるもの、それが宗教ではないかと思います。

私たちが生きている上で、自分の重い荷物を取りのけてくれるような役割は、宗教は果たさないと思います。宗教を得たことで、人間は老いから解放されるわけではありません。病《やまい》から解放されるわけでもありません。死から解放されるわけでもない。

しかし、自分がどこへむかって歩いていきつつあるのか、そしてどの道をどう行けば良いのかが見えているのと、見えていないのでは、同じ重荷を背負って深夜の道を歩いている状況でも違うのではないか、という感じが私のなかにはあります。

道を照らしてくれるもの、行く手に一点の灯火を指し示してくれるもの、それを漠然と宗教というものだと考えると、我々が生きていく上で、そういうものをこの手に握りしめられたらなあ、そういうものが欲しいなあ、という気持ちは、本当に正直なところ、心のなかに湧いてきます。

進歩や欲望にたいしてブレーキをかける。「そこまで走らなくてもよい」と言うのが宗教だとすれば、宗教のなかには、その意味で反社会的な要素というものが、おのずと備わっていると私は述べました。「悪人正機《あくにんしょうき》」という、親鸞《しんらん》の『歎異抄《たんにしょう》』のなかの考え方は、あまねく人口に膾炙《かいしゃ》していいます。この世の善悪とあの世の善悪とは違うのだという考え方。あの世というのは仏の世界であり、宗教の世界です。宗教の世界の善悪はこの世の善悪とは違う。そう考えるのは非常に難しいことであり、社会的に言うと危険なことでもあるのです。

ですから、そこのところを蓮如という人は、

「額《ひたい》に王法《おうぼう》、心に仏法」

と言いました。

額に王法というのは、世間の掟《おきて》はちゃんと守っていこう、しかし、心のなかでは世間の掟ではなく、仏の掟、仏の道の掟を自分の生き方として、しっかり大切にしていこう。こういうことです。

これはある意味では、ダブルスタンダードというような言い方もできるでしょう。

しかし、私は宗教というものはそういうものだろうと思います。

ダブルスタンダードではない、もっと厄介《やっかい》なことばを使えば、ふたつの力が拮抗《きっこう》するなかで、そのふたつの力、現世と仏の世界と言いますか、彼岸と此岸との間を、往還《おうげん》するということです。

往ったり来たりしつつ、そのなかでスイングしながら生きていくのが、人間の本当の生き方だろう。その片方を失うということはとても難しい、残念なことになりかねないと、こんなふうに考えます。

話がちょっと入り組んできましたが、とりあえず私たちは歓《よろこ》ぶこと、悲しむこと、それを正反対のものとして考えずに、歓ぶことも、悲しむことも、心のなかに大きな波を立てることである、と考えたい。

私たちは乾《かわ》いたプラスチックのような硬《かた》い心を、心萎《な》えたと感じるのではないかと思います。

日常生活のなかで、心萎える瞬間がある。

心萎える瞬間があるのは、人間が生きている証拠なのです。そういう心萎える瞬間をなんとかその都度切り抜け、そこから立ち上がり立ち上がり、また心萎えつつ歩いていく。

そういう七転《ころ》び八起《お》きのような人間の一生ですけれども、それもまたそれで、なかなかに興味の尽きないものだと思います。

心萎える瞬間がある。それは当たり前のことだと覚悟して、自分なりにその心萎える瞬間を切り抜けていく。

そういう自分だけの、小さな知恵というものが見つかればと思います。

⑫ 受け継いだことば　うけついだことば

先日、久しぶりに海外へ旅をしました。

若い頃は本当にひと月おきぐらいに外国へ出かけて、地図の上をあちらこちらと行ったことのない所を探しては走り回っていたものです。

しかし、ある程度年齢を重ねてくると、海外へ行くということがちょっと重荷になってくるところがあります。

長い時間飛行機のなかでじっとしていなければならないのも気が重いし、また常時パスポートを携えて、ことばの違う所で緊張してやっていかなきゃいけないというのも大変です。

昔は日本を出発した時、すごくホッとした感じがしたものですが、最近は逆に帰国した時に「あー、やれやれ」という感じでホッとするようになってきました。これもやはり歳のせいだろうと思います。

今度の旅行は南フランス、ニースやカンヌから少し内陸の方へ入りこんだあたりを、印象派の画家たちの足跡を訪ねる旅だったのですが、そのうち一日、ルノワールの博物館・記念館、そしてルノワールが仕事をしたアトリエ、ルノワールが晩年を過ごした土地のあたりを訪れました。

その時にいろいろ案内をしてくださったり、お世話をしてくださった方が、ルノワールのお孫さんにあたる方だったのです。とても親切にいろいろなお話をしてくれました。

ルノワールは、印象派のなかでもとくに日本人には親しみのもたれている画家だろうと思います。

平和な風景のなかに、女性や子どもたちがバラ色の頬で生き生きと描かれている、そういう、人生をどちらかというと明るく謳歌するようなタイプの画家ですが、そのお子さんのなかにはジャン・ルノワールという高名な映画監督がいらっしゃいました。

今回は、お孫さんにあたるルノワールさんに案内をしていただいたのですが、お別れする時になって、ルノワールが愛したその土地にずっとご自身も住んでいらっしゃるお孫さんにむかって、こういう質問をしたのです。

「あなたが祖父のルノワールから受け継がれたものはどういうものですか」

それはたとえば、ルノワールの記念館の周りにあるルノワールが好んで植えたという大変美しいオリーブの木とか、あるいはルノワールの数々の作品など、なんとなく物体として受け継がれたもの、遺産として受け継がれたものの意味で質問をしたのですが、その時ルノワールのお孫さんの彼は、いたずらっぽい笑みを浮かべて言下にこうおっしゃったのです。

「それはユーモアです」。

はははあ、なるほどと思わず感心しました。続けて彼は、「ユーモアの遺産には税金がかかりませんからね」と、そんなふうにも言われました。いかにもフランス人的なエスプリに富んだ答えだったと思います。

ユーモアの感覚を、祖父、あるいは両親から受け継ぐ。この精神的な遺産というものは、じつは土地や財産などに代え難い、とても貴重なものだと私も思います。

私自身は両親からいったいなにを遺産として受け継いだのだろう。

ふっと自分のことを振り返ってみて、しばし考えますが、両親は学校の教師として長く勤めた下級の官吏でしたし、特別の財産もありませんでした。

敗戦と引き揚げというような事件もあり、実際に父親、あるいは母親から物としてはなにひとつ受け継いではいなかったのです。

親が財産やいろいろなものを残してくれた人はいいなあ、などと、ちょっとひがんで思っていました。

ならばユーモアの感覚、意志の強さや忍耐力、そうした精神的なものでも受け継いでいると言えればいいのですが、私の場合には、どうもそういう自覚がありません。

自分が両親から受け継いだものは、強《し》いて言えばなんだろう。

いろいろ考えた末に、はたと思い当たったことは、自分はこのことば、つまり喋《しゃべ》り方、これをじつは両親から一生消えない遺産のように受け継いできているのだな、と納得しました。

私のこの日本語は、一応、字に書けば多少は共通語風になりますが、基本的には九州弁です。九州弁と言ってもいろいろあるわけですが、そのなかでも筑後弁《ちくごべん》というこ とばに近いイントネーションです。

私の母も父も、両方ともその地方の出身でしたが、私自身がその地方に住んだのはそれほど長くないのですが、家庭のなかで両親が話していることばのアクセント、イントネーション、あるいは方言の訛《なま》りは、ものごころついた時から自分のなかにしっかり血肉のように染みこんでいました。

きっとこれは生涯変わることなく、減らない遺産として自分のなかに受け継がれていくのだろうと思います。

私は、十九歳の時に九州から東京へ出て来たのですが、最初の頃は東京の人たちの大変軽やかなお喋《しゃべ》りを耳にすると、自分の話し方がなんとも言えず無骨《ぶこつ》で、野暮《やぼ》ったく、しかもゴツゴツしていると感じました。

なんとかこのアクセントを共通語に近づけて洗練させなくていけないのではないかと考えた時代もありました。

東京育ちのクラスメイトたちからは、いつもそのことでからかわれたり、笑われたりしていたものですから、なおさらです。

しかし、そういう時期を過ぎて、ある年齢の頃から、流行《はや》りの難しいことばで言うと、アイデンティティ、自分が何に属しているか、自分の足がどこのどういう台地を踏んまえて立っているか、自分が何者であるかということを、しきりに考えるようになってくる。

そのうちに、自分が九州の筑後地方の両親を持った人間であり、自分のルーツはそこにあるのだということを示す、かけがえのない身元証明、もっとも直接的で力強い証明は、自分が両親から受け継いだ、この奇妙な九州弁のアクセントではなかろうかと考えるようになりました。

亡くなった詩人の寺山修司も、随分しゃれたことや、前衛的なこと、インターナショナルなことを喋っていても、「ああ、この人は津軽の人なんだな」と、しみじみと思わせるような喋り方をする人でした。

そういうことは、じつは、人間にとって非常に大事なことではないかと思うようになってきたのです。

昔は方言、郷里《くに》の訛りは「郷里《くに》の手形」などと言ったそうですが、自分たちの先祖や、自分たちの一族が何百年、ひょっとしたら何千年、何万年という長い時代にわたって、その風土のなかで暮らし、そこで生きてきた。そういう歴史を、じつはそのことばが、唯一はっきりと物語っているものなのでしょう。

これは大事なものなので、人の個性と同じように、修正したり、洗練させたり、直したりせずに、むしろ大事にしておいた方がいいのではないか、と思うようになりました。

私は、父親や母親から大事にしていた記念の腕時計とか、形見の万年筆とか、そういう物ももらった覚えはまったくありません。

しかし、どこへ行っても、どの時代にも絶対に失われることのない大事なものを引き継《つ》いだ。それはこのことばづかいであると思い、自分自身のことばの訛りとか、癖《くせ》のある喋り方というものを、非常に愛着を持って大事にしていこうと考えるようになりました。

⑬ ふたつのことばを使い分ける

ふたつのことばをつかいわける

今の共通語ではあまり区別をしませんが、九州や西日本の方面では、「お」という発音と、「を」といぅ発音とを、はっきり区別する習慣がありました。「勉強うぉする」と言います。「お父さん」の「お」と、「学校を休む」といぅ場合の「を」と、はっきり区別することは、文法的にも正しいのではないかと思ったりすることがあります。

あるいは「かい」と「くゎい」といぅのも、はっきり区別して使います。「国会」を「こっくゎい」と言います。「こっくぁいうぉかいくゎいする」と、こういうふうに言うと、変にまどろっこしいようですが、じつはこのほうが、「かい」と全部統一してしまうよりも変化と複雑なニュアンスがあって、むしろことばを豊かにしてくれそうです。

物事をできるだけシンプルにしていく、普遍化していくということは、近代化を進めていく上で大事なことだったでしょうが、日本語の音というものは、かつてはもっともっと複雑で多様でした。

そのことを考えると、あまり合理主義的なことばかり考えて日本語をスマートにしていく一面、痩《や》せさせて単調なものとしていくことは避けた方がよいと思ったりもします。

戦前戦中の沖縄などでは、琉球の方言はできるだけ使わせないようにする、いわゆる全国的共通語というものに画一的に統一していくという統制がされ、小学校などでも地元の琉球の方言を使ったりすると、時には罰せられたりもしました。首から「私は方言を使いました」という札《ふだ》を下げて廊下に立たせるという、いまではちょっと信じられないようなこともあったという話を聞いたことがあります。

日本の近代化は、明治以来、地方地方の特色とか、その土地その土地に住む人の息づかいのようなものを無視して、できるだけ画一的に統一しようとしてきたわけです。

同じように、当時本土でも、鎮守《ちんじゅ》の森とか、社《やしろ》とか祠《ほこら》とか、そうした土地の神々も廃止する、国で作っていく制度のなかからオミットする、ということも国はやりました。

しかし、考えてみると、日本人が皆同じことばを使うという必要はあるのでしょうか。

近代的、合理的な社会では共通語を使わなければならない。だったら、いっそ共通語と方言というバイリンガルの制度を、きちんと確立したらどうだろうと考えたことがあります。

ビジネス、政治経済、その他公的な場面では共通語をきちんと使う。それも正しい共通語を学んで、美しい共通語としての日本語を使う。

その代わり、プライベートな場面や、家庭に帰ってきてからは、その土地その土地の本格的な方言を使う。このことが、もしかしたら大事なことなのではないか、と思ったりもしました。

C・W・ニコルさんという私の友人は、英連邦のウェールズの人なのですが、十歳くらいになるまで英語を知らなかったと言っていました。

英国の人で英語を知らないというのは大変珍しいのですが、じつはウェールズの人はウェールズ語でちゃんと喋る。

スペインのバルセロナを中心とするカタルーニャ地方では、カタルーニャ語というものをちゃんとスペイン語と区分けして、カタルーニャ語でのラジオの放送もやっていると聞きました。

BBCのウェールズの放送局も、貴重なウェールズの伝統文化を守るために、一日一時間くらいはウェールズ語の番組を制作し、放送しているそうです。

ここで大事なことは、私たちが適当に、見よう見まねで共通語を使うとか、適当に、いい加減な方言を使うのは駄目だということです。

学校の教科書で私たちは共通語を学びますが、それを教えてくれる先生は地元の先生ですから、当然イントネーションもアクセントも本物の共通語とは多少違います。

美しい日本語、美しい共通語をきちんと教える。これをきちんと教えて、私たちはそれを目で覚えるだけではなく、声に出して、喋ることで、日本人の共通の、正しく美しいことばを教育によってマスターする。

このことはとても大事なことだと思います。むしろ小学校の授業の半分くらいをそれに費《つい》やしてもいいのではないかと思うくらいです。

そして、一方では、その土地その土地に伝わる地元のことば、長い歴史と伝統をもつ地元のことばをゆがめずに正しく教える。

正しく教えるとはどういうことか。私たちは勝手に方言を喋っていますが、方言のなかに共通語が混じりこんできて、テレビのことばづかい、関西弁、東京弁、東北弁と、その土地の、いわば純乎《じゅんこ》たる方言というものの形を壊してしまっているのが現状だろうと思います。

私はふっと思うのですが、七十歳以上の高齢の方たちに地方自治体で方言指導士という資格を与えてはどうか。

古くからその土地に伝わる正しい方言、豊かな方言というものを、学校の授業で方言指導士の方たちに来てもらい、ボランティアとしてきちんとそれを教えてもらう。それをやらないと方言そのものも乱れていく、風化していくのだろうと思います。

その場合、生活のなかで漠然と使われる方言だけではなく、方言も意識的に磨き上げて、美しく正しい方言というものを学ぶ。

「正しい方言ということばなんか変だよ」とおっしゃる方もいると思いますが、私は正しい方言というものはあると思います。

その正しい方言と、もうひとつ、正しく美しい共通語。

このふたつの日本語を同時に使い分けて話すことができる日本人、こういう人を作ることがとても大事な気がしてなりません。

外国のように、地方のラジオ局や地方の新聞なども、週に一日くらいは方言で番組を放送するとか、方言でニュースを読むとか、方言の文体で記事を書くとか、そういう日があってもおかしくなかろう、と思ったりもします。

私たちはテレビその他のメディアを通じて、非常に乱れた形、ゆがんだ形での共通語というものをいつのまにか取り入れて、自分のことばを崩してしまっています。

英語を学んだりフランス語を学んだりするときには、すごく苦労して文法をやったり、大変な時間をかけて発音に努力したりします。

しかし、それよりもっと大事なことは、自分たちの民族と言いますか、日本列島に住む人々がもっている歴史的・伝統的なことばづかい、地域的なことばづかいを方言というふうに考えて、その方言と美しい共通語の両方を、まずきちんとマスターする。

そのほうが、中途半端に外国語を覚えさせるよりは、もっと大事なことなのではないかと思います。

*

明治以来、日本人は非常に努力して、共通語というものを作り上げてきました。共通語というものは品格のある、美しい、魅力的なことばとしてかなり完成されてきている筈です。

しかし、私の場合、肉声で喋っているときには九州風の訛りがあります。字で書けば共通語になりますが、共通語ふうに組み立てているにすぎないわけです。書く以外に、私たちはちゃんとした共通語を話す訓練を受けることなく、今日まで来てしまいました。そのことは非常に残念なことだと思います。英語の授業に費《つい》やすなんとも言えない時間を考えると、あの半分は正しい共通語を教えてもらえればよかったなあ、と思ってしまいます。

なぜ、ことばにそんなにこだわるかと言うと、人間はことばによって歴史を作ってゆくからです。

宗教という物語もことばで作り上げていく。あるいは文化もことばで伝達される。それから経済も政治も、じつは戦争も、これらはみんなことばというものによって作り上げられていく。

このことを考えると、ことばをきちんと学ぶ、ことばをきちんと整備するということが、私たちの、人間として生きる上での一番大事な基本だと考えていいと思うのです。私たちは哲学とか、思想とか、数学とか、科学とか、いろいろ言いますが、それらはもちろんすべてことばで表現されています。英語で表現するのか、ラテン語で言うのか、日本語で言うのか、ギリシャ語で言うのかの違いだけです。

聖書はギリシャ語で書かれたり、アラビア語に訳されたり、ラテン語に訳された歴史をもっている。

仏教の経典にしても、サンスクリット語であったり、あるいはパーリ語であったりした時代がある。チベット語に訳された時代もある。中国のさまざまな人たちがこれを中国語に訳して、中国語に訳したものが日本に入ってくる。

こう考えると、仏の教えとか悟りをひらくとか、あるいは近代の科学とか、歴史とか伝統とか神話とか、こういうものすべてが、じつはことばによって成り立っていることがわかる。

人間は二足歩行をする動物であるという以上に、ことばを使う動物である。ことばによって文化を作ってきた動物である。ことばによって歴史を作ってきた動物である。こんなふうに言えるのではないかと思います。

ですから、ことばが作るものに、私たちの大きな部分は依存しているのであって、人間が生きて生活をしているということは、とりもなおさずことばを使ってことばに依存して生きていくということです。

そのなかでも一番土台になっている大事なものは、人間がことばで物語を創るということではないか。想像力をかたちにして、物語に託《たく》するということ、これがじつは人間の営みのなかで非常に大きなものだという気がして仕方がありません。

物語というのは、決してストーリーだけではありません。

想像力によって観念を構築して、創り上げられていくもの、それはすべて物語であると思います。

⑭ 物語を夢見て

ものがたりをゆめみて

私が、小説を書いて暮らしていけたらいいなあと考え、物語を創る人間になりたいと思ったのは、考えてみると、非常に早い頃、まだ小学生になる前のことでした。

その頃、私たちの一家は朝鮮半島にいました。

日本人の家族は他に警官の家族がいるだけで、あとは全部朝鮮の人たちという、寂しい村に住んで暮らしていたのです。もちろん友だちも朝鮮の子どもたちばかりでした。

そのなかで、朝鮮のことばを自分が理解できないということは、非常に大きなコンプレックスでした。

当時は日本語が強制されていた時代で、朝鮮のことばなどを喋ると罰せられたりした時代です。しかし、大きな都市はそうでしょうが、地方の小さな村々に行くと、学校では日本語を喋りますが、ほとんどの人たちはみんな自分の生活のなかでは朝鮮語で暮らしておりました。

そうしたなかで、後々まで忘れられない風景がひとつあります。

赤松の林が続くなかに、よその村とその村とをつなぐ、舗装《ほそう》もされていない、石ころだらけの白々としたホコリっぽい道がありました。夏の太陽がカンカン上から照りつけてくる。そういう道路の一角に、赤松の林がちょっと涼しげな影を作っている場所がある。そこに村の人たち十四、五人が車座になって立ったり座ったりしながら、なにかを眺めているという風景です。

松林からは蝉《せみ》の声が聞こえてきます。ジリジリと照りつける太陽の下でホコリっぽい白い道がずっと続いています。そのなかのほんのちょっとした木陰《こかげ》に村の人たちが座り、その車座の中央に、膝《ひざ》までとどくような長い髭《ひげ》を生やした老人が座っている。

老人は頭にまるでシルクハットのような古い朝鮮の帽子をかぶり、自分の腕よりも長いような煙管《きせる》を手に持ってあぐらをかいて座っている。

その座っている茣蓙《ござ》の前に、絵の下にことばがちょっと印刷されている、縦横四、五十センチはあるんじゃないかと思うような、大きな絵巻物の本がありました。老人はその本を広げて、いろいろなことをブツブツブツブツとみんなに語って聞かせている。その絵の絵解《えと》きをしているらしいのです。

そして、そのページを煙管でめくっては、次のページに描かれている絵をみんながのぞきこんでいるなかで話をする。

あたかも日本の紙芝居屋さんのような、そういう形で路上で絵巻物を広げながら講釈をしているようです。

そして、みんながしゃがみこんで、老人のことばに耳を傾けながら「アイグ！」と言ったり、ときには腹を立ててこぶしを固めたり、喜怒哀楽の感情を表に表しながら老人の話を一所懸命聞いている。

途中で小休止の時間もあります。なにか呼び声をあげながら、背中にチゲという物を背負うための木の道具の上に石油缶をのせて、豆腐売りのお兄さんがやってきます。石油缶のお水のなかには固い豆腐を何丁か浮かせている。豆腐売りのお兄さんがやって来ると、お爺《じい》さんも話をちょっと途中で休んで、村の人たちは小銭を出して豆腐を買う。

絹ごしなどという上品な豆腐ではありません。しっかりと固い豆腐ですから、手でつかんで手のひらの上にのせても崩れることはありません。

それを買った村の人たちは、手のひらの上に固い豆腐をのせて端の方からものすごい音を立てて美味しそうにかぶりついていく。

豆腐屋さんが去っていって、みんなが豆腐を食べ終わると、また話が始まります。そんなふうにして、蝉《せみ》の声の聞こえる赤松の林のなかの木陰で、夏の一日がゆっくりと過ぎていく。子どもたちものぞいている。私もそのなかに交じっている。犬もやってきて尻尾を振りながらのぞきこんでいる。

私には、そこで語られている物語の内容は、ほとんどわかりませんでした。

しかし、絵巻物に描かれている絵を見、そのお爺さんの表情やそれを聞いている村人たちの喜びの声、あざけりの声や悲しみの溜め息などを聞いていると、なんとなくそこで物語られているストーリーがわかるような気がしたのです。

強欲な地主がいて、そこに貧農の娘が雇われて、いろんな辛《つら》い思いをする。その内にそこを追い出されて、さまざまな苦労を重ねるという物語だったような感じがしました。

こんなふうにことばで物語を創《つく》って、みんなに聞かせながら、聞いている人たちを引きつけて、一喜一憂させる。

このお爺さんのやっている仕事、なんという仕事かわからないけど、道端で物語を語る人、この人の仕事ってすごくおもしろいな、できたら自分もそんなふうになにかを語ることでたくさんの人たちを喜ばせたり、悲しませたりワクワクさせたりするような、そういう仕事ができるといいなあと、子ども心に非常に強くそう願った記憶があります。

日本ではかつて語《かた》り部《べ》という職業がありました。これは朝廷から職業として認められた人ですが、私の言うのは「市井《しせい》の語り部」と言ったほうがいいと思うのですが、そういう旅の芸人たちもいたし、放浪して歩きながらニュースや物語を伝えて歩く人々もたくさんいました。

たまたま幼い頃に朝鮮の小さな寂しい村で見たその光景が、頭のなかにずっと焼きついていて、物語を語ること、人々の気持ちを揺り動かすこと、こういうことって素晴らしいな、という気持ちがずっとありました。

やがて、学校を卒業して、そしていろいろな仕事を転々としたのですが、結局自分が本当にやりたいことのなかに、物語を語る、そしてその物語を創るということがありました。

小説を書くというひとつの手段を通じて、自分はその街道筋の、道端でいろいろな人に話をしていた講釈師のお爺さんのようになれたら、というような気持ちが高じてきて、一所懸命物語を書く仕事をこれまでやってきたわけです。

それを小説というふうに言ってしまうと、「小説稗史《はいし》」といって、中国などでは非常に、俗なものとして軽んじられるわけですが、物語という原点に立って考えてみれば、歴史の原点には神話があります。

どこの国でもそうです。その国の創世の物語、人間の生まれてきた物語、いろいろな物語がある。そこから、歴史が始まっていくのです。

⑮人生という物語

じんせいというものがたり

歴史は科学だと言いますが、私は歴史は物語だと思っています。

そして、科学、そして宗教もまた同じです。

宗教が物語だと言うと、これはとても傲慢《ごうまん》なことを言っているようで叱られそうですが、しかし、私はキリストの生涯の物語、ブッダという人物の物語、あるいはたくさんの菩薩《ぼさつ》、あるいは如来《にょらい》、そういう仏たちにまつわる物語は、宗教というものをたくさんの人々に伝え、その人々の心のなかに生かすうえで、物語がなければ宗教というものは存続しなかったのではないかと思います。

旧約聖書にしても、新約聖書にしても、本当にさまざまな物語から成っており、感動的な物語が詰まっています。

仏教説話もそうです。仏教には大変難しい理論もありますが、つまるところ、それはひとつの物語というものから発して、さまざまに発展していくものだと思います。

そう考えると、私たちにとって物語があるか、ないかということは、非常に大事なことだと思えるのです。

いま、日本人のなかで、日本人の歴史というものが失われていると言われます。それはとりもなおさず、日本人の物語というものが、非常に弱々しく、希薄になってきているからだということではないでしょうか。

物語はひとつである必要はありません。生きている人間は、ひとりひとりが全員、自分の物語というものを持っている。

その物語はひとりひとりが全部違っていい。自分の人生の物語があり、父と母の物語があり、兄弟の物語があり、一家の物語があり、そして地域には地域の物語がある。その土地その土地から国という物語まで広がっている。

私たちは自分で、与えられた物語ではなく、自分の一生、自分の人生という物語を自分の手で創る。

このことが、ある意味ではひとつの人生の目的とも言えるのではないかと考える時があります。生まれて、そして死んでいく、それまでの何十年という期間、これは一編の物語である。

私たちが物語をなくす時になにが生まれるか、なにが失われるか。

一時期、「子どもたちがキレる」ということばがよく使われたことがあります。「キレる子どもたち」などという、新聞の特集もありました。

この「キレる」というのはいったいなにが切れるのか、ごくふつうに考えると、「堪忍袋《かんにんぶくろ》の緒《お》が切れる」なんて表現がありますから、とうとう我慢《がまん》できなくなってとつぜん暴発するという意味にとるのが素直なのです。

しかし、私はもうちょっとそれを考えてみて、想像力、つまり想像力によって創られる物語が切れているんだと考えるのです。

物語が切れているとは、どういうことかと言いますと、人間がなにかの行為をしようとする時に、一瞬のうちに頭のなかを走馬灯のようにサーッと走っていく物語がある。すべての人間はその物語に照らし合わせて、自分の行動を決めたり、その行動をしなかったりする。

たとえば、ひとりの少年をみんなで取り囲み、リンチのようなことをしているとする。

そのなかのひとりの少年が、これ以上ダメージを与えたら、この子は死ぬんじゃないかと頭のなかで考える。そこから物語が始まるわけです。

もしも、この同級生が死んだらいったいどういうことになるだろうか。この子はこういうふうな表情で、こういうふうにぐったりして、こういうふうに倒れるだろう。そうすると、自分たちの仲間の何人かは逃げていくだろうし、勇気のある何人かは学校に報告するか、警察に連絡するかするであろう。警官が駆けつけてくる。学校の先生たちも駆けつけてくる。

そして、大きな騒ぎになって、自分たちは警察に連れていかれて、いろいろな話を聞かれる。もしも相手が死んだとすれば、その家族や両親や友達たちは何と言うだろうか。新聞などはどう書くだろうか。

そして、自分たちがそこで、もしも当事者であると認められると、保護観察の処分を受けたり、少年院に行ったりする。少年院では、自分たちはどういう形の受け入れられ方をされるだろう。そこを出た後、自分たちはどんな暮らしをするのだろうか。自分たちの家族や兄弟や肉親たちはどうするだろう。そしてその後、自分はどんな人生を歩んでいくことになるだろうか。

こんなことが、一編の物語として一瞬の内に、反射的に少年の頭のなかに、走馬灯のように駆けめぐる。そういう物語が出来るとき、人は自分の行動をある程度コントロールできるのです。

キレるというのは、そういった物語の糸が切れるのではないでしょうか。突然プツンと、物語が切断されて、映写機の止まったスクリーンのように、画面に真っ白な光が映るだけになっている。

このようなことからも、物語を創《つく》っていくということは、非常に大事なことなのです。

他人の身になって考えようというのは、結局、他人の気持ちになってその人間の物語を自分が創り上げることです。そして、自分を見失わないというのは、自分の物語を失わないということです。

自分の物語をちゃんと持っている人、その物語を創り上げることができる人。

こういう人が、なんとかこの困難な時代に生き続けていけるのではなかろうか、こんなふうに思います。

⑯普遍と個別 ふへんとこべつ

人生の目的というのは、自分だけの物語を創っていくことです。たとえば、金子みすゞという詩人の作品がしきりに話題になって、いろいろなところで語られたりします。私も非常に好きな詩人です。

金子みすゞは、若くして亡くなった詩人ですが、その短い詩のなかに、たとえばこんな情景が描かれています。

陸では大漁旗がはためいて、そして待っている人たちも漁師さんたちもすごく活気に満ちて、「おい、大漁だぞ」というふうに喜んでいる。町々はその大漁で活気づき沸き返っている。

しかし、一方海のなかではたくさんの鰯《いわし》が網にかかって、海の生活から切り離されてしまい、別れていったことにたいして、海底では静かにその鰯たちの友人、家族、兄弟、仲間たちが、補獲された仲間たちの弔《とむら》いをひっそりとしめやかに行っているのではなかろうか。

海の上では大漁旗がはためき、人間たちの歓声がこだまする。同じように、海の底では魚の仲間たちの弔いがしんみりと続いている。

このような情景を考える想像力は、やはり物語によって紡《つむ》がれた人間の感受性だと思います。

そして、人間と魚の間にどういう関係があるのか。

命の営《いとな》みということにおいては、人間も魚もみんな一体ではなかろうか、というような物語。『生かされる命をみつめて』でも触れましたが、この物語を科学的に証明できるようになってきたのは、つい最近のことなのです。

科学というのは長い歴史をもっていて、なんでもできそうな気がしますが、やっと最近になって、人間の遺伝子、あるいはDNA、ゲノムなどの仕組みのなかから、すべて命あるものは遺伝子によってみずからの生命を維持しているのだ、ということがわかってきました。

遺伝子やDNAの構造では、鰯も、魚も、人間も、犬も、雑草も、タンポポも、みんな同じ生命体なのだという考えを、ようやく近代の科学が人々に納得できるように解明されるようになったのです。

しかし、すでにもう何千年も前から、仏教の物語では「山川草木悉有仏性《さんせんそうもくしっうぶっしょう》」、「草木国土悉皆成仏《そうもくこくどしっかいじょうぶつ》」、つまり山も川も草も獣も人間も、命あるものはみんな同じように仏性《ぶっしょう》を本来備えている。その見方が、すでに物語られてきているのです。

科学は何千年もかかって、ようやくそのことを解明できるところまで来た。そう考えると、なんと科学の歩みとは遅いことだろう、と慨嘆《がいたん》する気持ちが心のなかにあります。

いずれにしても、そのように、科学的な論拠こそなくても、

「人間も雑草も虫もみんな同じ生命なんだな。生命という観点において見ると、平等な存在なんだな」

ということを、物語は直感的に人間の心のなかに植えつけてくれます。

科学がそれを解明して、頭で理解するというのとは別の次元で、人間は本能的、

直感的に、物語から受け取るものがある。

鰯を獲る人間たちも、弔いをする鰯の仲間たちも同じ生命と見るところから、金子みすゞが詩に託した物語世界は広がっていきます。

こう考えてみると、物語の元になっていることば、そのことばがじつは多様で、それぞれに違うということがとても大事なことなのではないか。

同じ金子みすゞのことばに、「みんなちがって、みんないい」という一節があります。違っているからこそいい。違っているからこそ、存在する価値がある。

「天上天下唯我独尊《てんじょうてんげゆいがどくそん》」ということばも、ひとりひとりは全部違っていて、たったひとりの我である、この地上に幾千万幾億の人間がいたとしても、自分はたったひとりの存在であって、誰とも違うひとりの存在である。そういう解釈もできます。

ここにおいて、その人間の尊さと言いますか、価値というものは存在する。違うというところに、じつは人間の値打ち、価値、こういうものがあるのではないかと思います。

人間は、人間として他の生物と共通である、普遍的な存在でもある。

と同時に、人間は狐《きつね》とは違う。タンポポの花とは違う。ヒマワリとも違う。カブトムシとも違う。カブトムシはカブトムシであって、犬とも違うし、象とも違う。生命という点において共通で、平等で、そしてそれぞれ一個一個が全部違うという点において個別的なものである。

普遍と個別、このふたつの面を生命は兼《か》ね備えているのです。「みんな同じで、みんな違っている」という、この存在というものを、私たちは非常に大事なものとしてとらえなければならないのではないでしょうか。

自分の値打ちがどこにあるのだろう。出世もしなかった。これという目立った業績もあげることができなかった。ごくごく平凡に過ぎた一生であった。そんなふうに考えます。

しかし、人間の価値は、その人間が生きているなかでなにを成し遂げたかということにあるのではない。人間がひとりひとり全部違っているから、人間の値打ちがあるのだ。そして、みんな同じだから人間の値打ちがあるのだ。

このふたつの線で考えていきたいのです。

動物も植物も人間も生命という点においてはみんな平等で同じである。だから、尊いのだという考え方。そして、それでいながら、人間同士でさえもひとりひとりまったく違う。母と子でも違う。妹と兄でも違う。

たったひとり。この天上天下の間にたったひとりしか存在しない、それほど貴重な存在だと、こう思うのです。

私たちは、いつもそのようなふたつの極、歓びと悲しみとか、明るさと暗さとか、光と影とか、どちらか片方ではなく、そのふたつの間を往還《おうげん》しつつ生きていく存在であろうと思います。

みんな同じであるということが大事。

みんな違っているということが大事。

こういう矛盾のはざまにあるのが現実というものであって、そのふたつの車の両輪を大事にしながら、過去と未来というふたつの車、個人と集団というふたつの車、現実と理想というそのはざま、そのなかで生きている。「どっちが大事なんだ?」

というふうに問うのではなくて、両方とも大事なんだと、こういう考えのなかで生きていきたいなあ、と思います。

そこで、共通語と方言です。

「方言が素晴らしい」と頑張って、「共通語なんかなんだ。人工的なことばじゃないか」と言う人がいますが、それは違います。

共通語というのは、私たち日本人が作り上げてきた大事な遺産なのです。

しかし、その共通語の立場で立って、方言の訛《なま》りや方言のイントネーションなどを笑うというのは完全に間違っていると思う。

先に言ったように、バイリンガルで私たちは生きなければいけないのです。

正しい共通語、美しい共通語と正しい方言、美しい方言というものを身につけて、この日本という国に生きていけたなら、どんなに幸せだろう。

また、他の生命と共通の生命であるということを考える。

「命という点ではみんな同じなんだ」

と考えることと同時に、

「ひとりひとりがみんな違うんだ、違うから価値があるんだ。存在の理由があるんだ」

と考えてみること。

この両方を、右手と左手に握《にぎ》りしめながら、そのはざまに生きていく。

これが私たちのいまのありのままの生き方ではなかろうか、と思います。

17 死を受けとめる　しをうけとめる

先ごろ本棚の整理をしていたら、偶然棚の上から古い一冊の文庫本が転《ころ》がり落ちてきました。

吉田兼好《よしだけんこう》の『徒然草《つれづれぐさ》』の現代語訳でした。

『徒然草』という随筆は、それこそ学校で習ったり、受験の時に読んだりしていましたが、じっくりと楽しんで読むという機会なしにこれまで来てしまいました。

突っ立ったまま、パラパラッとめくっていると、これがとてもおもしろい。その日の午後はずっとその古い文庫本を一ページ一ページめくりながら、つい夕方まで時を過ごしてしまいました。

そのなかで、とても印象に残ったことばがあります。

こういうくだりです。

「死は前よりは来たらず。かねて後ろに迫れり」

死は前から来ない。いつの間にか気がつかない内に、後ろのほうから来ている、それこそおんぶお化けのようなものだと、こういう表現があり、それが印象に残りました。

むこうからやってくる場合には、

「あ、死が近づいてきたな。ああ、いよいよだな」

と、警戒もできますし、準備もできます。覚悟もできます。

しかし、死は前からやってこないと言われると、ちょっとドキッとします。いつのまにか、気がつかないうちに、後ろのほうから来て迫って、トントンと肩を叩《たた》かれる。振り返ると、後ろに死神の顔がある。

こう言われると、人間誰しも狼狽《ろうばい》しないわけにはいきません。

そういうこともあってかどうかわかりませんが、最近は死という問題が非常に大きく話題にされ、また議論されるようになってきたような気がします。

いろいろな雑誌や新聞などの特集でも、「死をどう迎えるか」、あるいは「死をどう受け止めるか」などという座談会や記事が目立ちます。

また、かなり以前から言われてきたことばに、「クオリティ・オブ・ライフ」ということばがあります。

この「クオリティ・オブ・ライフ」というのは、つまり人間はただ長生きすればいいというものではない、どういうふうに一日一日を人間らしく生きたか、そこが問われるのだと、こういうことなのでしょう。

「クオリティ・オブ・ライフ」ということばは、けっこう流行語のように多く使われましたが、私はこれをもじって「クオリティ・オブ・デス」ということばを考えました。

デスというのは死です。死というものは、ただむこうからやって来て、交通事故のようにガツンとぶつかるものではないのだ、という意味で「クオリティ・オブ・デス」ということばを使ったのです。

どのように人間は死んでいくか。人間の一生の決算と言うか、終わりよければすべてよし、とまではいきませんが、オギャーと生まれたその日から一歩一歩、人間というものは死へむかって歩いていく旅人のようなものです。

こう考えると、最終ゴールが死ですから、最後というよりはむしろ、マラソンで言うなら決勝のゴールのようなもので、ちゃんとそこに気持ちよくというか、あるいは充実した瞬間として死を迎えられたなら、その人の人生というものは、実り多きものであったと言えるのではないかと思います。

人間が生きている一日一日も大事だが、人間が死ぬ、その死をどのように迎えるかということも、それ以上に大事なのではないか。そういう意味で、「クオリティ・オブ・デス」ということばを書いたり、言ったりしてきました。

そもそも人間というのは、死というものを真っすぐにちゃんと見る、つまり直視するということを、本能的に避けようとする働きがあります。

死の顔は見たくないと思う。頭のなかに死ということばなどが浮かび上がってくると、なにか不吉な感じがして、違うことを考えて追っ払おうとする。

昔、聞いた話ですが、文士・作家が何人かでグループになり、出版社主催の地方の講演旅行をしたりすることがありました。

その時、旅館に宿泊すると、色紙《しきし》が出ることがあります。色紙にたいして、気軽に応じる方と、徹底的に拒絶反応を示して「俺は色紙なんか書かないよ」とつっぱなした返事をする方と、二種類の方がいらっしゃいました。

なかには、本当は書きたくないが、断るとよっぽど気取っていると見受けられて、それが嫌だというので、しぶしぶ、筆をとったりされる方もおられた。

しかし、書くことばに窮《きゅう》することがしばしばあります。

先に書かれた方の色紙などを見て、「なんだ、こいつこんな文章書いているのか」とか、「気取った文句、書きやがって」とか、いろいろな方たちが批評されたりするのを聞いていると、後に残るのだから、本当に迂闊《うかつ》なことばは書けないなと、つい筆が止まってしまいます。

私はこれまで、色紙というものは極力ご辞退をしてきました。

どうしても仕方がないときは、自分の本をトランクに何冊か入れて持っていって、その本に謹呈のサインを筆できちんとしたため、色紙の代わりにそれで勘弁していただくようにします。

それにしても、色紙が出ると皆さん苦労なさいます。

丹羽文雄《にわふみお》さんは生前、このようなことをおしゃっていました。

「色紙を書くのはいい。でも、その色紙が廊下に飾られたり、客室に仰々しく掛けてあったりするのを見ると、もう穴があれば入りたいような気持ちになってしまう。他の先輩作家たちの書いている色紙を見ても、字が上手であれば上手なりに反発する気持ちもあるし、下手なら下手なりに、そういう見方をしてしまう。とにかく自分の名前の入った色紙がそういうところに飾られたりするのはまっぴらだ。まして床の間に額に入れて置かれたりするんじゃたまらない」

そして、丹羽さんはある時、色紙に大きく「死」という一文字をお書きになったのだそうです。さぞかしその色紙をもらわれた方は、困惑なさっただろうと思います。

丹羽さんは、

「まさかあの色紙を、客商売のお店が目立つ所に掛けたりすることはないだろう」

と言っておられたそうですが、たしかに死ということばを正面に掲げて、それを飾るようなお宅はないのじゃないかと思います。

やはり無意識のうちに、死というものは避けたいもの、暗いもの、困ったものという感じがこれまでもあったし、今現在も残っているように思います。

しかし、最近の風潮として、これほど嫌われていた、あるいは避けられていた死について考えることが、割合大きく正面に浮かび上がってきました。

これはひょっとすると、私たちの生きている時代が、非常に難しい、困難な時代に差しかかってきている、と同時に、私たちが物事をおざなりにではなく、真正面から受け止めようという気持ちが生まれてきたことの反映ではなかろうか、という受け取り方もしています。

生きている側から死を眺めるのではなく、いったん死という側に立って、人間が生きているという現実を逆に眺めてみる。

そのことによって見えてくるものがあるのではないかと思うのです。

いずれにしても、死が最近ほど話題になったり、大っぴらに論議される時代というものは、これまでになかったでしょう。

これほど死というものが正面にクローズアップされる時代は、もう来ないのではないのかと思ったりもします。

⑱ 乾いた心と軽い命

かわいたこころとかるいいのち

「後生《ごしょう》の一大事」ということばがありました。

死はひとつの終わりではないと考えるわけです。死というひとつの門をくぐって、新しい生というものがそこに考えられる。

往生《おうじょう》ということばがあります。浄土に生まれるということばもありました。そのことを「後生の一大事」と言って、普段からできるだけ早く心にかけ、「後生の一大事」を全《まっと》うすることを人間の理想とする。そういう考え方も、長くこの国にありました。

しかし、今では死というものが非常に軽くなった感じがするのです。

最近のニュースを見ても、自殺の現場にウィスキーの飲みさしのポケット瓶《びん》が転がっていたとか、屋上から飛び降りた人のサンダルが脱ぎ捨ててあったとか、そういう記事を読むにつけて、覚悟の死というより、突発的に、あるいは厄介な問題にぶつかって、どうにもこうにもならない、そういう心理状態を思い浮かべます。

「ああ、生きているの嫌だな。どうしようもないな」

そう考えた時に、どんなことでもして生き続けて、この局面を打開しようとは考えずに、

「ああ、もう嫌になったな。生きるの、よそうかな」

と、ふっと白線をまたぐように、死の側へ移行したのではないかと思われるような死が、しばしば報告されるのです。

かつて人間は、死を自分で迎えることが多くありました。

「自決」ということばも使われましたし、「自裁」ということばもありました。自ら裁く。「自死」ということばも使われました。

そこには、人間がみずから死を選ぶということにたいしての葛藤《かっとう》とか、長い時間をかけてそれを用意していくとか、世を去っていく上でのたとえば作法だとか、残された人々への思いやりだとか、そういうものが感じられました。

ですから、お芝居などに出てくる自決のシーンなどは、服装を整え、辞世の歌を詠み、遺言などもきちんとしたため、いろいろな順番を踏んだ後に、きちんと作法にのっとって死を選ぶ。そうした死が、お芝居のクライマックスになったりします。しかし、最近はそういうことではなく、非常に簡単に死の側へ踏みきってしまう。インスタントな死と言っていいのかもしれません。

そこには人間の命の重さというものが、ほとんど欠け落ちてしまっている。「命さえあれば……」と言われていたものですが、最近は命というものが非常に軽くなってきている、こういう実感があります。

いわば、死というものが軽くなったと同時に、生というものが軽く、手軽にしか考えられていないことにもつながるのではないでしょうか。

そういう意味では、私たちが最近、死をしっかりと考える姿勢が生まれてきたことはいいことだとも思います。

非常に素朴な疑問ですが、人間は死ねばどこへ行くのか、死んだ後も人間の霊魂《れいこん》というものはあるのか、などということを、あえて子どもだましの質問と馬鹿にしないで、きちんとそのことを受け止め、きちんと答える。

私たちにはいま、その必要があると思います。

私自身のことを振り返って考えてみると、死というものが非常に身近なところにあったもののように、幼い頃から感じてきました。

私は戸籍上では長男ということになっていますが、籍に入る前に亡くなった兄がいたらしいのです。生まれて間もなく亡くなった兄がいたと聞いたことがあります。

それから、私の兄弟姉妹は現在、妹がひとり元気に暮らしているだけなのですが、亡くなった弟がふたりいます。子どもの頃から死というものを、割合身近に見る機会が何度もありました。

私のすぐ下の弟は、とても幼い頃に、丹毒《たんどく》という病にかかって亡くなりました。丹毒を治すのだと言って、当時の民間療法で、たくさんドジョウを獲ってきて、腹を割《さ》き、弟の顔や体にベタベタ重ねて貼っていた光景を、おぼろげに覚えています。

昔は人が亡くなった後に、「湯灌《ゆかん》」というものを使う習慣がありました。

これは家庭で、周りの近親者が死者を囲んで行います。

私の母親が昭和二十年、昔の植民地の外地で敗戦を迎えて間もなく亡くなり、その後に湯灌を使う場面に出あうことがありました。

湯灌というのは、本当にひとりの人間がいま、命を終えたのだということを、じつにしみじみと感じさせてくれる、そういう儀式です。

タライのなかの母親の痩《や》せ細った体をガーゼでぬぐいながら、これが本当に生前の母親だったのだろうかと、不思議に思いました。

私の母はどちらかと言いますと、ぽっちゃり型でふっくらとした、色白な人だったのですが、それが本当にもう骨と皮と言うか、痩《や》せて小さくなって、とくにお湯のなかだと光の加減で体が屈折して見え、とても辛《つら》く哀れな状態でした。

その体を父と私とで湯でガーゼでぬぐいながら、その手触りのなかでひとりの人間の死というものを、非常に重く実感した記憶があります。

日本に引き揚げてきて、やがて父が病気で亡くなりました。

やがて弟も四十代の初めに亡くなり、先ほどお話ししたように、残された家族は私と妹のふたりだけということになりました。

肉親・家族の死をしばしば体験することで、そういう機会の少なかった人よりいくばくかは、本当にいくばくかですが、死というものが実感を持って自分のなかに納得されるような感じがしています。

そして、ある年代に差しかかった頃から、私は死というものを、やはりきちんと意識して生きていこうと思うようになったのです。

⑲ 今日一日の命 きょういちにちのいのち

イタリア、ルネッサンス期のイタリアの知識人たちは、象牙《ぞうげ》の置物に「メメント・モリ」ということばを彫りこんで、それを眺めながら机にむかっていたと言われます。

「メメント・モリ」とは、ラテン語で「死を思え」「常に死を思い出せ」というような意味のことばだと教わったことがあります。

私たちは放っておけば、生きている毎日の流れのなかで、どうしても死と言うものを、遠くにあるものとしか考えない。

だからこそ、『徒然草』の、「死は前よりは来たらず」ということばにドキッとするのです。

しかし、いつの頃からか、私は死というものを自分にとって大事なものと受け容《い》れる必要があると思うようになり、自分で勝手に「死のレッスン」を始めるようになりました。

レッスンと言うと、ちょっと大げさです。死の練習と言うのもこれも変なのですが、とりあえず毎日のラジオ体操とか、そういうものと同じように、まず、夜ベッドに入って寝る前に死のことを考えます。

もう眠くなって、電気を消して目をつぶろうという時に、自分は今、このままここで眠って、明日はもう目が覚めないのだ、と想像するのです。

もう目が覚めないのだ、このまま自分は死の床へつくのだ、甦《よみがえ》ってはこないのだ、そう頭のなかで想像するのです。

そうすると、あれ、あんなふうに洋服は脱ぎちらしているし、あそこに大事な手紙は置きっぱなしになっているし、これはまずい、というのでゴソゴソ起きだして、ちょっと慌《あわ》てて片付けたりするのですが、そんなことではとても間に合いません。

ああ、あのこともあったな、このこともあったな、明日はなんとかそれを片付けようと思う。そして、自分の一生を振り返って、やり残したことがたくさんあるし、申し訳ないことをした方もたくさんいるし、本当はちゃんと会ってお詫《わ》びしなきゃいけない、そういう出来事もたくさんあった。

でも、とりあえず両親の生きた歳よりもはるかに長く生きて、今日まで大きな病《やまい》をせず過ごせただけでも幸せなんだ。ああありがたい、と思って、眠りにつく。こういうことを、繰り返し繰り返し習慣づけるようにしてみました。

ある時、大先輩の方に健康の秘訣《ひけつ》をうかがったことがあります。

その方は八十歳の半ばを過ぎていらっしゃったのですが、本当にかくしゃくとして身軽で、若々しくて、肉体的にも精神的にもまったくハンディキャップを感じさせないような、そんな方でした。

羨《うらや》ましくて仕方がないので、一度、その方に、

「失礼ですけれども、なにか特別な健康法をなさっていますか？」

とうかがったのです。するとその方は、このようにおっしゃる。

「いやいや別になにもやっていません」

「でもなにかおやりになっているでしょう」

と、しつこく尋ねると、「そうだな」と腕組みをして、

「そう言われてみれば、朝起きて、ベッドから出て朝飯《あさめし》を食う前に、五分間だけ手をブラブラさせたり、体をねじったり、我流の体操っていうものをやっているんだよ」

と、こうおっしゃったのです。

「でも、それもたいした時間じゃないよ。五分くらいのもんだよ」

「へえ、そんな軽い体操でも役に立つんですかねえ」

「うん。毎日やれば役に立つだろう」

「毎日っておっしゃいますけど、いつからそれをおやりになっているのですか？」

「終戦の時から一日も欠かさず毎日やっている」

これには驚きました。

考えてみると、一九四五年から一日も欠かさず続けてそれをおやりになってきたということは、すごいことなのです。

たった五分の体操でも、半世紀以上続けるということは、すごい効果があるもの

なんだな、としみじみ感じました。

それと同じように、この先どこまで生きるかわかりませんが、朝な夕なにベッドのなかで、いま眠ったらもうこれで自分は生を終えるのだと空想する。

そして、これで良かったのかな、といろいろ振り返って考えてみたりする。

同じように朝、目が覚めると、「今日一日の自分の命」と考えます。

今日一日しか与えられないという気持ちになると、一日ではなにもできませんし、やり残したことが多すぎますが、少なくとも、もう今日の一日しか自分には残された日はないんだと考える。

できることは、ただもう周囲や天地自然の恵みや自分に対して感謝をして、「ありがとうございました」と言うことしかないのです。そんなふうなことをやり始めると、朝、目が覚めた時に、自分がちゃんと蘇《よみがえ》ったと感じる。

本当は昨日、亡き者になる筈だったのに、今日蘇って新しい命を得た。ああ、自分は生きていたんだな。これはありがたいことだ。素晴らしいことだ。

そう感じて、思わず合掌《がっしょう》するというのはちょっと気障《きざ》ですが、胸の上で手を合わせたいような気持ちになります。

そしてとにかく、自分に与えられたこの一日、最後の一日というものを、本当にできるだけ気持ちよく、そして周りの人たちにも心地よく、邪魔《じゃま》にならないように生きようと思います。

しかし、いくらそんなものを続けたと言っても、朝起きて殊勝《しゅしょう》なのは最初の何十分かだけでしょうか。

しかし、とりあえず寝る前には、自分の一生は今日で終わる。朝起きた時には今日一日で自分の一生は終わる。こういうふうに真剣に自分に問いかける。

そして、これでいい、これで良かったと思えるように、繰り返し繰り返し日を送ってきました。

すると不思議なことに、いつの頃からか、死ということばがちっとも嫌なことばではなくなってきたのです。死ということばを不吉だと思わなくなった。

一時期は、死という字を見ただけでもドキッとしていた、そういう不安な時期もありました。

しかし、最近は死という字も割合好きになってきている。死ということばの音の響きというものも親しく感じる。死というものにたいして淡々と、とはとてもいきませんが、少なくともそれにたいして強い嫌悪感や抵抗感を感じない自分を発見できるようになってきました。

そんなことを言っても、親鸞《しんらん》が『歎異抄《たんにしょう》』のなかで語られているように、ちょっと風邪《かぜ》をひいて熱が出たりすると、ああ、ひょっとして自分はもうこれで悪くなって死ぬんじゃないか、などと不安になったりもします。

しかし、それでも私の先輩が半世紀以上も、一日五分間の簡単な体操を六十年以上もずっと続けてきたということと同じように、そのように死を意識するということを朝な夕なにやっていれば、死についての心構えとか、感じ方が、違ってくるのではないか。

そうやってみずからを慰めているところがあります。

死を意識するということは、ことばを換えて言えば、それだけ生に執着しているということなのでしょう。私が毎日死のレッスンをすることは、それだけこのままなんとか生きていきたい、一日でも長く生きたいという執着の表れだろうとも思います。

しかし、そういう執着を抱えたまま人間は死んでいくのでしょうから、その執着をなくすということは、私は考えないようにしています。

なにか大きな手のひらの上に自分を任せて、そしてできたら死ということを自分の大きな、大事な事業のように考え、死と親しく付き合って生きていきたいと、いまはこういうふうに考えます。

⑳ ありのままの生を見つめて

ありのままのせいをみつめて

死というものを考えたときに、はたしてこれでいいのかな、と考えたことがひとつありました。

それは先日、身内の者が亡くなり、火葬場で火葬に立ち合ったのですが、その時に、ある違和感のようなものを感じたのです。

とても立派な火葬場で、ホテルのような美しい、きれいな場所でした。

火葬場というと、もうちょっと暗い場所を想像していたのですが、こんな近代的な明るい場所になっているということにまず大変驚きました。

逝《い》かれた方たちを焼く釜の扉が一列に並んでいて、それぞれに残された家族や肉親や知人たちがグループになってそこで待機しています。

火葬場がこんなふうに清潔で明るい場所になるということは決して嫌なことでは

ないのですが、その時、なにか妙だなという感じがしました。それはなにかと言うと、そこに、子どもの姿というものがまったく見られなかったことなのです。

ほとんど大人ばかりで、喪服を着て、しめやかに話をなさったりしているのですが、そこを走り回ったり、親に叱られたりする、騒ぐ子どもがひとりもいない。それどころか子どもの姿がまず見えない。

当然のことながら、肉親家族のなかには、あるいは周りの方たちのなかには、子どもさんもいらっしゃる筈なのです。

おそらく、最近の感覚から言うと、火葬するような場所に、感じやすい年頃の子どもたちを連れていくのは良くないのではないか、という気持ちがあって、意識的に家族の方たちは、子どもをその場に連れてゆくのを避けているのかもしれません。

しかし、私は思うのですが、むしろそういう場所こそ本当は、まだ物心のついていないような幼い子どもさんたちに来てもらったほうがいいのではないか。

「おじいちゃん、あの釜のなかに入って焼かれるの?」

そういうことを聞いて、

「そうだよ」

と答える。そして合掌する。待っている間に、きれいに骨になって戻ってこられる。それを箸《はし》で骨壷《こつつぼ》のなかに納める。

そういう過程を粛々《しゅくしゅく》と、静かに、厳粛に執《と》り行う家族肉親の姿というものを見ながら、子どもたちも一緒に加わってしたほうが、じつはいいのではないかと思うのです。

いまの子どもたちには、死というものにたいする現実感がない。

最近のテレビゲームでは、ボタンさえ押せば簡単に登場人物を消したり、あるいは飛ばしたり、あるいは消滅させたりすることができます。

人間というものは死んでいく。その時、どれほどいろいろな過程を経て、人々の感情の綾《あや》のなかで送られていくかということを、子どもにも教えたほうがいいのではないか、というような気がします。

学校も大事な教育の場ですが、火葬場というところも、人間の生き死にというものを感覚で子どもたちに教える、大事な教室なのではないでしょうか。

こういう場から切り離されることで、子どもたちのなかに、生と死、そして人間の命というものの実感が、次第次第に人工的になっていき、薄らいでいくのではなかろうかと思います。

私自身、たとえば亡くなる母の死に水を取る、あるいは亡くなった後に湯灌《ゆかん》を手伝う。そういうことがあったことを、本当に今になって、ああ、自分がして良かったな、と思います。

生と死。人間の一生というものを、どちら側から見ていくか。このことは大問題です。

人の「生死《しょうじ》」ということばがありますが、生きる、ということばが最初にきます。しかし、一般にどのように生き、どのように死ぬかという覚悟のことを「死生観」と言います。この場合には死のほうが先にくる。

いずれにしても、死と生というものを切り離して、対立するものとしてではなく、「生死《しょうじ》」「死生」と一体にして見ていくのは、やはり東洋の伝統かもしれない、という感じがしてなりません。

最近盛んに論議されている死の問題について、遠くから眺めていながら少し気がかりなのは、そこでは死というものが生と切り離され、死だけが盛んに論議されているということです。

これはひょっとしたら、これまで生の実感がきちんととらえられていないということの裏返しではないかと思います。

人間は生きることと、死ぬことを、連続したなかで行っていくのであり、人間がどのように死んでいったかということは、その人間がどのように生きたかということのそのままの証《あかし》であると思います。

私たちはできるだけ、そのような人間の「生死《しょうじ》」の現実というものを遮断《しゃだん》しないようにしていきたい。子どもたちの目にもはっきりと見えるようにしたい。

死は、ガラス窓のむこうで行われる。そしてそれを人目に触れないようにできるだけ控えめに処理していく。こういう流れのなかで、私たちの時代は進んでいきます。

その背景には、死というものを一種の不吉な出来事として考えて、遠ざけよう、遠ざけようとする傾向が働いているような感じがしてなりません。

生と死に関しても、それを観念的に議論することはあっても、実際に死者の体をガーゼでぬぐうような行為と切り離されたところで死が論じられるのは、はたしていかがでしょうか。

そもそも、人間が生きているということは、目ヤニも出しますし、鼻水《はなみず》も垂《た》らします。フケも出ます。皮膚も剥《は》がれます。

それが人間の生きた存在というものでしょう。清浄野菜や、温室栽培の野菜とは違うのです。

最近、雑誌や新聞などを見ていると、やたらに若い人たち、とくに男性にむけてのさまざまな化粧品の広告や情報が掲載されています。

若い男の子たちにむけての化粧品で、非常に強調されているのは、たとえば「体臭を消す」とか、「ベタベタした脂分を落とす」ことなどです。そこで使われていることばは「サラサラ」とか、「すっきり」とか、「さっぱり」などという表現が多い。

人間を清潔にしていくことが、無条件に人間にとって必要であるかのような風潮があるような感じがします。

その風潮のなかで私たちは、自分たちからにじみ出てくる脂肪分を取り、フケを落とし、自分の体そのものが発する体臭を消し、汗の臭いを少なくし、いろいろな方法で苦心して、自分を清浄化していこうとする。

これははたしていいことだろうか。などと言いますと、

「なにを言っているんだ。人間は清潔なほうがいいに決まっているではないか」

と言われそうですが、たとえばスーパーに並んでいる果物、あるいは野菜などを見ても、本当に整然と形が整って、色艶《いろつや》が一定であるということに、時々異様な印象を受けないわけにはいきません。

本来、キュウリや茄子《なす》などの野菜にしても、いびつだったり、歪《ゆが》んでいたり、曲がっていたり、大小さまざま、色も濃かったり薄かったり、これが自然のありのままの形なのです。

ところが、きちんと長さも揃《そろ》え、姿も真っすぐにして、それを透明な袋で包んで陳列している。どれを見ても、結局同じに見えるのです。

物事を均一化し、一種人工的に清浄化していこうとする。

こういう考えは、ひょっとしたら人間の命というものを、生の実感というものを、ますます薄くしていくほうに働いているのではないかと考えてしまいます。

人間も個性というものがあります。そして、それぞれの人間にそれぞれの顔・形があり、体形の違いがある。そしてものの考え方が違い、才能の差があり、使うことばもその国、その場所によって違う、あるいは同じ国でも方言というものがあります。

そういうなかで育ってきた百万人の人が、百万通りの個性的な人間であるということが、非常に大切なのではないでしょうか。

それを均一化して、どれをとってもたいして変わりはない、みんな同じ長さに揃えており、同じ色艶で、全部清浄で虫などぜんぜん付いていないものにしてしまう。

スーパーの野菜や果物の棚だけではなく、あらゆる社会で、私たちの家庭のなかでもそういうことが進んでいるのではないかと、ふっと考えることがあります。

人間が生きているということは、本当にぶざまなものなのです。人の営みとは、けして清潔なものではない。

そして、人間というのはドジをしますし、試行錯誤《しこうさくご》を繰り返しますし、同じ誤ちを犯します。そして本当になんとも言えず情けないところもあります。

しかしだからこそ人間はおもしろいのだ、という考え方に立たなければ、人間の命の重さは実感できないのではないでしょう。

均一化していくことは、命の質量を少なくしていくことにつながっていくのではないか。

最近はそう考えて、自分なりに、どういう方向を模索すればよいか考えたりもするのです。

㉑影の濃さに光を知る

かげのこさにひかりをしる

このように考えてきますと、人間の命の実感、生命というものは、かけがえのない重いもので、自分の命、他人の命、どちらも同じように生かされている大事な命であるという感覚に行きつきます。

そうした実感を、どのようにして取り戻すか。このことが、いま私たちにむけられている、非常に大きな問題だということは間違いありません。

たとえば、光と影という、対立する考え方があります。そして私たちは、どちらかというと影というものを嫌う。

先ほど生と死のことに触れて、死が不吉なものであるという考え方がまだ根強いということを指摘しました。同じように、光と影ということばにしても、光はありがたい、明るいものである、影は暗くて嫌なものであると考えがちなのですが、本当は私たちの人生というものは、そのふたつによって満たされている。どちらが欠けても不充分である。そう考えていいのではないかと思います。

しかし、人間というものはどういうわけか、光の方ばかりを見て、高く評価したり、憧れたりする傾向がある。

たしかに、光を求めるというのは、自然の働きでもあります。光を求めるということは、ことばを換えて言えば「希望を求める」ということにもつながり、明るい暮らしを求めるということでもある。そして人間というものは、希望とか目標とか、そういうものがなければ生きていけないという、心の働きがあります。

よく見られることですが、マンションのベランダなどに小さな鉢植えになっている植物がある。その植物のつるがおのずと光を求めて思いがけない伸び方をすることがあります。

ああ、植物もこういうふうに日の当たる場所を求めて、必死で生きているんだな、と思います。まして人間はそうでしょう。

しかし、私たちはやはり光を求めて、光の方にだけ顔をむけ、その光そのものを見つめようとすることで、はたして本当の光というものを実感することができるだろうか。これを私は疑問に思います。

「光明《こうみょう》」ということばがあります。

光明というのは、ただの光ではありません。そこに感動があります。そして一筋の光明に体を震わせて歓喜する、人間の感激というものがあります。

しかし、私たちは二十四時間、人工光線を点《つ》けっぱなしの温室のような場所にずっといたとすれば、そこに差しこんできた光を、感動とともに味わうことができるでしょうか。

私たちが光の存在に心を震わせ、感動するのは、むしろ暗い世界に私たちがいて、そしてその影の存在によって、光というものに光明を感じるからです。

真っ暗ななかで光を求めてあがいている。そこにどこからか一筋の光が差しこんできた。

その時、私たちはそれを光明と感じ、体を震わせながら、その光に感動するのでしょう。

私たちは光の方だけを見つめることによって、光を実感できるわけではありません。そうではなく、肩を落とし、背なかを丸めて、足元を見る。すると、足元に黒いくっきりした影が伸びている。その影がくっきりと黒ければ黒いほど、自分を背中から照らしてくれている確実な光の存在というものを、私たちはそこに感じ取ることができるのです。

影を見つめる。影が存在するということは、背後から強い光が自分を照らしていることである。私たちは影を見ることによっても、光の存在を自覚することができる。明るい面に目をやるだけではなく、暗いところをのぞきこむ、そのことによって光明を感じる。こういうことが人間の知恵だろうと思います。

ですから、希望と絶望とに分けて、絶望は良くない、希望は素晴らしいと一面的に考え、希望だけをただ追い求めるということではなく、私たちはちゃんと絶望するということがまず大事なことのような気がするのです。

絶望するということは、諦《あきら》めるということです。

諦めるということはただ物事を投げ出すということではなく、見たくない現実をきちんと見る、あきらかに究《きわ》めるということばの意味が入っていますから、私たちは影の部分をちゃんと見て、影を大切にする、暗いものを見る勇気というものを失わないようにすべきなのでしょう。

そのことによって、私たちが生まれて、私たちが生きていく上での、本当のエネルギーというものが生まれてくるのではないか、と思います。

笑うこと、泣くことについても、繰り返し述べました。

笑うことは素晴らしいことで、ユーモアというのは人間の大事な文化で、批評でもある。笑うこと、そして明るい気持ちになることで、私たちの細胞は活性化し、免疫力が高まり、自然治癒力《ちゆりょく》も高まる。繰り返しそういうことは言われてきていますし、それはたしかに事実です。

しかし、笑うということの半面に、悲しむとか、嘆く、泣く、涙を流す、こういう大きな世界があって、そういう世界と、笑う、気持ちよくなる、喜ぶというものとは、背中合わせの一体のものではないか。譬《たと》えて言えば、リヤカーに付いている車の両輪のようなものではなかろうかと思うのです。

私たちは、光と同時に影の世界に生きている。そして影の部分、暗い部分、生と死の死の部分をはっきりと、ごまかさずに見つめる。これは非常に勇気のいることなのです。

諦めるということは、覚悟を決めることとです。自分が意気地なしだ、自分はこんなルーズな人間なんだということを、しっかり見定めることのできる人、自分は弱い人間なんだというふうに自覚できる人、それは必ずしも弱いだけの人間ではないはずです。

自分の弱点とか、欠点、弱さ、悪、そういうものをちゃんと直視し、それを認めることができ、我々が死ぬ存在であるという事実を覚悟できるということは、大変強い生命力を必要とすることなのです。

㉒ 人はみな大河の一滴

ひとはみなたいがのいってき

現在の子どもたちは、豊かさのなかで育ち、豊かさのなかに慣れ、そしてあふれるような豊かさのなかで、明るさと光に満ちたなかで暮らしています。そのことによって、本当にものにぶつかって、躍り上がるような感動を覚えるという、そういう体験が少ないように思います。

それは豊かさのなかの欠乏というものかもしれません。

福祉もある程度行き届き、医療もかなり細かく進んできた。私たちの世界ではものがあふれているし、あらゆるところに光が満ち満ちています。便利で合理的で、さまざまな設備が整っている。

しかしそういうなかで、人間の素朴な、たとえば食べることへの欲求というものや、なにがなんでも物が欲しいという欲望、こういうものが、どこかで衰《おとろ》えてしまってきているのではないかと感ぜずにはいられません。

私たちの中学生の頃は、本当に物の不足していた時代でした。九州の田舎のほうでは学校に通うときには、ほとんど全員が下駄《げた》を履《は》いていました。

下駄を履いて通っていることを、ちっとも不思議に思わなかったし、周りもみんなそうですから、そのことにたいしてなんら抵抗もなかった。

たまたまそこへ都会から来た転校生が、皮靴を履いて登場してきた時の驚きといったら、なんとも言えずビックリしました。

そして心のなかで猛然と、

「ああいう靴が欲しいな。ああいう靴が履ける生活がしたいな」

と、熱望したものです。

私たちはいま豊かな時代に生きている。

しかし、豊かな時代に生きていることのマイナスというものを、いまあらためて感じるようになってきたのではないでしょうか。

健康で文化的な生活というものを、初めから政府なり社会なりが用意してくれるものだという認識のなかで育ってきた人たちが、思いがけず苦しい現実にぶつかると、「これはちょっと話が違う」、「おかしいじゃないか」「どうすればいいんだ」という、絶望感のなかに簡単に転落していくことは予想できます。

いまのような時代に生きていくためには、逆に言えば、人間の深い愚かさ、貧しさ、そういうものの一番深い、底辺のところまで下りていって、その最底部にドンと脚《あし》をつき、そこで屈した膝の力で飛び上がる、そこからしか浮かび上がることはできないのではないかと思う時があります。

死の側から人間の生を見つめる、ということも同じです。

一日に何度も、寝る時も起きる時も死のことを考えるなどというのは、なんとも寂しい、虚《むな》しい生き方のようにお思いになる方もいらっしゃるでしょう。

しかし、そのことによって、生きているいまの一瞬一瞬が、かけがえのない貴重なものに感じられるとするならば、死を考えることも、非常に大事なことのように思われます。

私たちは、いわば究極のマイナス思考、生病老死という、誠にことばには尽くせないほどに重い四つの条件のなかで生きている小さな存在です。

そう思うところから、逆にそういう自分を生かしてくれている目に見えない力を感じ、そのことに対する謙虚な感謝の気持ちを抱きながら今日一日を生き、明日一日を生きる。そんなふうに何年、何十年という日々を生き続けていけたらいいなあ、と思います。

人間の一生というものには、照る日、曇る日、雨風の日、嵐の日と、さまざまな日があります。いつも光があふれる、のどかな春の日だけではありません。

それどころか、どうして自分の暮らしにはこんなふうに思い通りにならない暗い日々が続くのだろう、なぜ自分だけが、と、天を恨《うら》む場合もあります。

そんな時にどのようにして生きていく力を奮《ふる》い立たせるかということは、なかなか簡単なことではないし、また口で教えられることでもないかもしれません。

ただ言えることは、昔の人が言っていたように、

「人間の一生というものは重い荷物を背負って、長い道のりをトボトボと歩くようなものだ」という見方も、一度は振り返って考えてみる必要があるのではないかと

思うのです。

人生は希望に満ちている。鳥は歌い、花は咲き、蝶《ちょう》は舞う。

そんなふうにだけ考えられれば結構なのですが、そうではなく、人間が生きていく道は、実際は茨《いばら》の道でもあるのです。

それは虚しい生き方であるかもしれない。あるいは重い人生であるかもしれない。しかし、それを背負って人間は生きていかざるをえないのだと、覚悟を決めると言いますか、いい意味であきらかに究《きわ》める、諦《あきら》める。

そのことによって人間は、かえって途中で自分の人生を放棄したりするような挫《ざ》折《せっ》を味わうことなしに生きていけるのではないかと思うのです。

溜《た》め息をつき、涙を流しながらも、人生とはこのようなものであると覚悟を決める、そういう道もあるのではないか思うのです。

いまの時代に欠けているのは、そうした考え方、究極のマイナス思考ではないでしょうか。

人はみな大河の一滴、などと簡単に言いますが、なかなかそんなふうに覚悟を決めてしまうわけにはいきません。

実際に川の表面を見ていると、深い淵《ふち》のなかで渦を巻く水もある。浅瀬をしぶきをあげて岩にぶつかりながら突っ走る水もある。

しかし、いずれにしても川は流れてやむことがありません。

いつかは大きな人生の河に流れ入り、そしてゆったりと母のような海の懐《ふところ》へ私たちは帰っていきます。海の懐に抱かれて、そしてゆらゆらと波のなかに揺られながら、私たちは大きな生命のなかへ帰ります。

海には汚れた水も入ってくる。きれいな水も入ってくる。大きな河も入ってくる。小さな水の流れも流れこむ。海はそれを拒絶せずに、大きな懐のなかに子どもを抱くように迎え入れます。

そしてそのなかで太陽の光に温《あたた》められて、私たちはふたたび水蒸気となり、空に上《のぼ》って、雲になり、霧になり、雪になって、そしてまた森の小枝に、あるいは道端《みちばた》の野の花の草の葉っぱの先に降り注ぐ。

私はそれを古くからの「輪廻転生《りんねてんしょう》」とは考えていません。

むしろ、それは大きな天地と言うか、宇宙と言うか、そういう生命のリズムと一体化する、そういうことだと思うのです。

本当の命というものは、そのなかにしかないのではないか。

人はみな大河の一滴。

そう呟《つぶや》きながら、この困難に満ちた細い一筋の道を歩いていくしか、他に道はない。

そういうふうに覚悟を決めた時に、私たちの目の前にこれまでとは違う人生というものがひょっとしたら浮かび上がってくるのかもしれない。

そこで出合った小さな野の花にかぎりない感謝を覚え、あるいは差しこんでくる雲間から漏れる一条の光に光明を見て感動することができるのかもしれない。

あらためて最近、そう思うようになりました。

あとがき

　これまで四十五年間、ずっと同じことを語り続けてきました。それは常に時代の流れと反対のことを言おうとするアマノジャクな性格のせいです。歓《よろこ》ぶことが大事なのは、言うまでもありません。しかし、悲しむことを悪いことのように考える時代の風潮には、どうしても納得のいかないところがありました。

　人間を考えるときもそうです。死を考えずに生を語るのは、おかしい、と思ってきました。そんな自分の正直な気持ちを、声にだして語り、それを文章にまとめたのがこの本の内容です。

　四十年以上前の発言も、つい最近の意見も、ひとまとめにしてみると、それなりに一貫した視線があるようです。これからも同じことをずっと言い続けようと思っています。

今回のシリーズを世に送るにあたっては、さまざまなかたのサポートが必要でした。最初の提案から進行、そして最後の文章のチェックまで熱心につきあってくれた東京書籍編集部の小島岳彦さんにまずお礼を申し上げます。

また、企画・構成その他の煩雑《はんざつ》な作業を丹念にこなしてくれた小林文乃さん、そしてADを担当していただいた片岡忠彦さんに心から感謝したいと思います。

五木寛之

初出

「五木寛之語りおろし全集　人はみな大河の一滴」ＣＤ全12巻（ユニバーサルミュージック合同会社発行、株式会社ユーキャン販売、2000年発行）の内容をもとに加筆訂正の上再構成したものです。なお、ＣＤ録音時には、自著を使用した箇所があります。

著者略歴

五木寛之（いつきひろゆき）

1932（昭和７）年９月福岡県に生まれる。生後まもなく朝鮮にわたり47年引揚げ。PR誌編集者、作詞家、ルポライターなどを経て、66年「さらば モスクワ愚連隊」で第６回小説現代新人賞、67年「蒼ざめた馬を見よ」で第56回直木賞、76年「青春の門」筑豊編ほかで第10回吉川英治文学賞を受賞。代表作に『朱鷺の墓』『戒厳令の夜』『蓮如』『生きるヒント』シリーズ、『大河の一滴』『他力』『天命』『林住期』『人間の関係』『人間の運命』『僕が出会った作家と作品』など。近著に『親鸞（上・下）』『きょう一日。』がある。翻訳にチェーホフ『犬を連れた貴婦人』リチャード・バック『かもめのジョナサン』ブルック・ニューマン『リトルターン』などがある。ニューヨークで発売された英文版『TARIKI』は大きな反響を呼び、2001年度「BOOK OF THE YEAR」（スピリチュアル部門）に選ばれた。小説のほか、音楽・美術・仏教など多岐にわたる文明批評的活動が注目され、02年度第50回菊池寛賞を受賞。04年には第38回仏教伝道文化賞を受賞。現在泉鏡花文学賞、吉川英治文学賞その他多くの選考委員をつとめる。「百寺巡礼」「21世紀仏教への旅」などのシリーズも注目を集めた。

装丁　片岡忠彦

いまを生《い》きることば
歓《よろこ》ぶこと悲《かな》しむこと

平成二十三年八月十六日　第一刷発行

著者　五木寛之

発行者　川畑慈範

発行所　東京書籍株式会社
〒一一四―八五二四
東京都北区堀船二―一七―一
電話〇三（五三九〇）七五三一（営業）
〇三（五三九〇）七五〇七（編集）

印刷・製本　株式会社リーブルテック

ISBN978-4-487-80603-4 C0095

http://www.tokyo-shoseki.co.jp